倔强榴莲

焉然@远方流浪记 著

中国铁道出版社
CHINA RAILWAY PUBLISHING HOUSE

思想永远独立，

精神永远自由。

你要做你自己

Do you want to be yourself ?

作者简介

焉然，
一个85后的文艺女青年，
孤行己见的完美主义者，
立志与文字一起成长。
巨蟹座，
需要安静却从未安宁。
2013年，
毕业于中央戏剧学院表演系。

路的远方还是路，

而远方比远方更远。

——远方流浪记

给读者的话

我的文字，对于一些人，它空无一物，
这里，中庸之道是不受欢迎的。
对于一些人，是相见恨晚，一见如故。
而对于另外一些人，是毒药，
将Ta们的玻璃心，
一一击碎。

榴莲是一种很矛盾的水果，外表坚硬多刺，气味浓烈特殊，里面的果肉却无比爽口香甜。不同的人对它的感受不同，喜者赞其甜，不喜者生厌。一次将它误念成了“流年”，实际发觉对这本书而言它们有着互通的意义，书名的前身是“倔强如我”，而我又很喜爱榴莲，于是，便有了这本《倔强榴莲》。这里不提造作的字眼，它是最真实的流年。

PREFACE ONE

PREFACE TWO

很多人问，你不是演员吗？怎么玩儿文字了？这里我要说明两点：首先，我从未把自己定位在某个领域，说我一定是什么，必须就是什么，我是绝不会被一个身份绑架的。我有选择自己职业的自由和权力，写书是我一直以来的理想，不过是更有力地付诸行动罢了。其次，在写作这件事情上，我只是有所觉悟，爱我所爱。这是一个碎片化的信息时代，我相信：精炼，便是极致。

第一章　成长印记

第二章 不合时宜

第三章 不可辜负

第四章　倔强榴莲

Durian

第一章

成长印记

开场白

似曾相识

我曾经来过这里吗?
那栋大楼被切割成许多格子,
静寂的石墙、木房,紧闭的门窗,
好想靠着它像小孩子一样大哭一场。
流转的时间,
我一定来过这里,
虽然现实说没有,
但是我曾经做过的梦记得,
怎么会这样子呢?
像是被困进了一个恐怖的高塔。
这座高塔没有阶梯,
想逃逃不走,
想下也下不去,

在这个陌生的“地图”里找来找去，

沿路会出现什么呢？

也许有碧连天的芳草，

也许有通往天堂的坐标，

也许还有食人花、独角兽、天使和会说话的猫。

梦境：我进入了一幢无人的房子，在每一个房间里探索，可是其实我不太明白自己在寻找什么。

现实：我希望可以更了解自己，可以和自己相处得更好，梦里的屋子是我的自我。

许愿信

你觉得衣着光鲜十分精彩，
我觉得步履蹒跚，
也特别漂亮。
我有骨子里的坚韧，
温婉，
和青春洋溢……
当然，
还有小朋友那种天不怕地不怕的勇气。
世界上只有一个你，
为对抗世界的精明，
我通宵达旦地，
许下了无限大的心愿。

足迹

儿时的四则日记

日记内容如下。

自杀的兔子

昨天，
家里来了一只黑色荷兰兔，
今天，
它大头朝下地死在了马桶里。
走得很雍容华贵。

动物，也是有尊严的。

遇害的烤鸡

家里来了三个小伙伴，
是三只小鸡，
天气很冷，
为了给它们取暖，
我把它们放在了电热宝上，
盖上小棉被。
放在暖气下面。
第二天早上醒来，
三只小鸡变成了烤鸡。

爱至极，则必反。

消失的左手

爷爷说这篇日记我要用右手来写，
一会儿他检查，
可我偏不，
反正他现在不在我旁边，
我觉得右手写字好难呀，
吃饭也是，
连筷子都拿不住，
我为什么要练习
用右手吃饭写字呢？
为什么爷爷要打我的左手呢？
我有点不明白，
先不说了，
我还要再写一篇日记，

假装是用右手写的，
然后把这篇藏起来。
嘘，别告诉爷爷。

如果可以，应该留住你的与众不同。

我的足球梦

昨天晚上，我做了一个梦，梦见我成了小球迷。球场上的人很多，有观众，有比赛的人，我看见了教练，他也看见了我，什么？我没有听错吧？教练竟然让我上场帮忙踢球，我高兴得一蹦三尺高。于是我们换好了服装，开始比赛了，刚开始我就踢进了一个角球，就这样，我连进六个球，最后，我获得了“金球奖”。我正欢呼着，妈妈说：“你笑什么呀？”我揉了揉眼睛，刚要说我获金球奖了，一看，怎么换地方了？啊？原来是一场梦呀！梦是美好的，想要实现它，就要刻苦练习。

如今，我“如愿以偿”地成为了一名球迷，巴西球迷。

人生其实就是一场梦，梦醒时，有些东西可以实现，而有些东西，却永远地沦为泡影。

大胆地做梦吧，不然梦境只会是一场梦。

梦想

我小时候的梦想，
在家里建一片游泳池。
一盆又一盆的水，
泼在地板上，
水位丝毫没有长高，
地板却鼓得很高。

你可以亲手构建梦想，也可以亲手毁了它。

太阳能计算器

小学二年级的一个阶段，老师大幅度地增加了数学的作业量，原因是为了提高同学们的考试速度。我的数学作业一直完成得都可以，就是做题的速度上不来，这样一来，我把每天放学后的时间都花在了计算数字上，甚至寝食难安。然而，我对这种训练方式是不感兴趣的。那次，我的作业得了满分，五十一个同学中唯一的一份满分作业使老师出乎意料地高兴，本以为自己的好日子就要来了，可老师在欣喜中还是没有忘记对作业重新做了遍检查，结果再次令她大吃一惊，得数都对，没错儿，可是步骤没有一个是对的。是的，我花十分钟搞定了这次作业。

我需要把所有的题重做一遍，加之放学前老师又布置了新的数学作业，按照我算一道题的速度，完成全部作业恐怕要到天亮了。

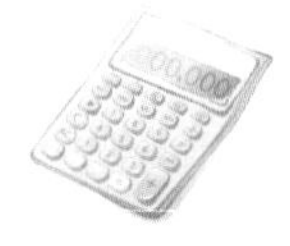

我决定示威。

回家后，我对家长说学校因做考场放假了，还留了很多作业。直到妈妈在路上看到认识的家长接班里的同学放学，这才知道根本没有放假这回事儿。这是我第一次说谎，也是唯一一次逃学。

第二天，家长把我带到了学校。

在办公室里，老师得知我不是因为生病而不来上学的，她并没有生气，突然变得有些迟疑和温婉，对学生的关切之情一展无余。她希望可以和我单独谈谈，让我把心里的想法说出来。

“老师，我觉得放学要比上学痛苦许多，我每天无法顺利地完成您布置的作业”。

那天以后，我们的数学作业不再那么多了，它更多地填充了我们的在校时间。当老师宣布这一消息时，全班同学都高兴得炸开了锅。

而最让家人不解的是，我们家是什么时候多出了一个计算器的？

青春期

人儿小，
烦恼多，
没有事儿喊出天大的事儿。
不要粉饰，
它就是一个矫情的年龄，
是你成长的印记，
这个阶段，
你有，
他有，
我也有。

一家人

14 岁的圣诞节，
一个流光溢彩的夜晚，
行走在冰城的大道上，
无意中发现寒冷的雪地里
趴着一只白色的小狗，
穿着连体小圣诞服，
脑袋上套着红色的圣诞帽，
甚是可爱。
当时它冻得浑身发抖，
两个水汪汪的大眼睛
可怜巴巴地望着我，
似乎在向我诉说些什么，
“我冷,可以把我带回家吗？”
我花了 80 大洋，
让它躲在我的书包里取暖，
它一定会觉得温暖许多。
从现在起，
它属于我了。
到了新家，
难免有些“水土不服”，
闹了好几天的肚子。
小时候最喜欢看
《钢铁是怎样炼成的》，
保尔·柯察金的故事，
于是便给它取名叫“保尔”，
因为我希望
它能有钢铁般的意志。
它是争气的好宝贝，
没过几天，
就活蹦乱跳了。

虽然它很淘气，

也挨了家人不少“揍”，

每次我都会因为心疼它而嚎啕大哭，

然后和“揍”它的人“反目成仇”。

我早已把保尔当作一家人，

不管它在不在这个世界上，

我们都是永远的一家人。

送它走的那一天，

是我最后一次为它失声痛哭，

我做了一个决定，

这一辈子，

我不会允许第二个“保尔”

进入我的生命了。

重返 20 年

15 岁的少女，
踩着性感迷人的高跟鞋，
佩戴着精美绝伦的装饰品，
涂抹着鲜艳的红嘴唇，
在她们的世界里，
装作大人的样子。
25 岁的女孩儿，
在儿童节那天，
穿上蓝色牛仔背带裤，
手绘白色天使翅膀的 T 恤。
脚踏帆布鞋，
去游乐场找童年。

脑中的橡皮擦

生命之于我，
是一次伟大的失忆与治愈。
很多事情我完全记不得，
无论怎样调动脑细胞，
亦是忆不起来，
而一些事情，
我却记得清楚，
每一个细枝末节，
都清晰得可怕。

棉花地里的怪女孩儿

鸡零狗碎的叫做青春

考大学那年，我同时报考了中央戏剧学院和北京电影学院。

在中戏门口候场面试的时候，妈妈在给我整理衣服，我们的左侧站着一帮男孩儿。

其中一个操着山东口音的男孩儿问道：

“嘿，你们是东北的吗？昨天我在北电面试的时候，一个东北女孩儿，说的话把我们吓坏了。”

考官老师问她：“你喜欢北京电影学院吗？”

她说：“喜欢呀，北京电影学院是梦开始的地方，我小的时候就听说过这所学校。”

“考官老师点头表示满意，微笑地看着她。”

“等长大以后我才知道还有一个中央戏剧学院，那是艺术家的摇篮，我觉得，我还是适合中戏，我特别喜欢中戏，中戏才适合我。”

感谢所有的艺术学府，你们承载了一代又一代人青涩而又圣洁的梦想。

“考官老师缓缓地说：‘哦……喜欢……中戏……’”

“她转身回到自己座位的时候，我们所有人都以惊讶的状态目瞪口呆地看着她。”

听到这里，妈妈还乐了一下，我越发觉得这场景似曾相识。

我抬起头，迎着阳光朝他们望去，

那个男孩儿也刚好转过头来，恰巧看见我。

他激动地指着我，对着我大声说：

“啊！就是你！”

我瞥了眼我身旁站着的妈，

只见她……

狠狠地瞪着我……

有一天，我又看见了那个山东男孩儿，

在新生入学仪式上，

值得高兴的是，

我们都成为了中央戏剧学院的一份子。

最青涩，也最深刻。

随性而活，自有气度

“特立独行”

“不合群”

“一只独来独往的孤狼”

“挺怪的女孩”

这是四年来，

我在校园里被贴过的标签。

大一上半学期的时候，

老师与我语重心长地谈了次话，

“不能总是一意孤行，多参加集体活动，和你的同学们打成一片，你大学四年会过得非常舒服。”

我问老师：“为什么我在人群里待着才叫舒服？我觉得这样挺好的。”

“你应该多和本班同学在一起排练，我看你交的作业大部分都是和旁听生的。”

“如果都去和本班同学排练，就没有人和旁听生搭戏了，那旁听生的作业怎么办？”

老师拿我没辙，“如果你不听话，你就很难毕业的，我可不是吓唬你。”

这句话跟到我毕业。

因为，

我并没有因为这次谈话而改变什么。

四年来，

我做过很多幕后工作。

比如说，

在一年级期末第一场汇报演出的时候，

我独自藏在景片后面，

负责为上下场的同学们拉侧幕帘，

透过景片细小的折缝观看他们的表演，

和台下的观众一起笑，
一起鼓掌。
在班级最后一部毕业大戏中，
自己为每场演出全程打了追光，
这甚至比站在聚光灯下对我更有吸引力。
孤身独处在黑暗的空间，
与舞台上的同学们做着无声的配合，
我们都在为同一场演出而努力。
我骄傲着，自豪着。
为自己属于班级里的一员。
这就是我与集体的关系，
不刻意融入，
却爱得深沉。

常青藤的红色记忆

2010 年 10 月 10 号，

那天，

寓意为“十全十美”。

而那年，

正是我的双十之年。

撑着伞，

挎着相机，

漫步在雨中的校园里，

能见度 50 米，

为常青藤留下了她穿着红衣的相片。

最美的时光

曾有一度，
因为上课压力大，
自己每天不是在练功房里哭，
就是在宿舍中哭，
天台上也哭过，
躲在博客里诉说着想家想妈妈之类的话。
有天，
我妈妈看到了这段文字，
她说：“那次你哭着给我打电话，
让我去看你，
本来是可以去的，
我愣是咬着牙挺着，
好像是去了会影响你的成长。”
现在想想也挺有意思的，
因为，
我很难再装回那个样子了。
那些我们认为最痛苦的时光，
是我们最应该记住的时光，
因为，
它才是永远只属于我们自己一个人的财富。

黑夜

何必惭愧，
为自己对这个世界的未知。
何必聚焦那么多明亮，
何必聚焦那么多光源，
一切不可言说。
亮着吧，
在自己的时间里，
在有限的，
或者无限的空间，
闪着自己的光。
那一刻，
我把黑夜还给黑夜。
而后的日子，
我把黑夜还给自己。

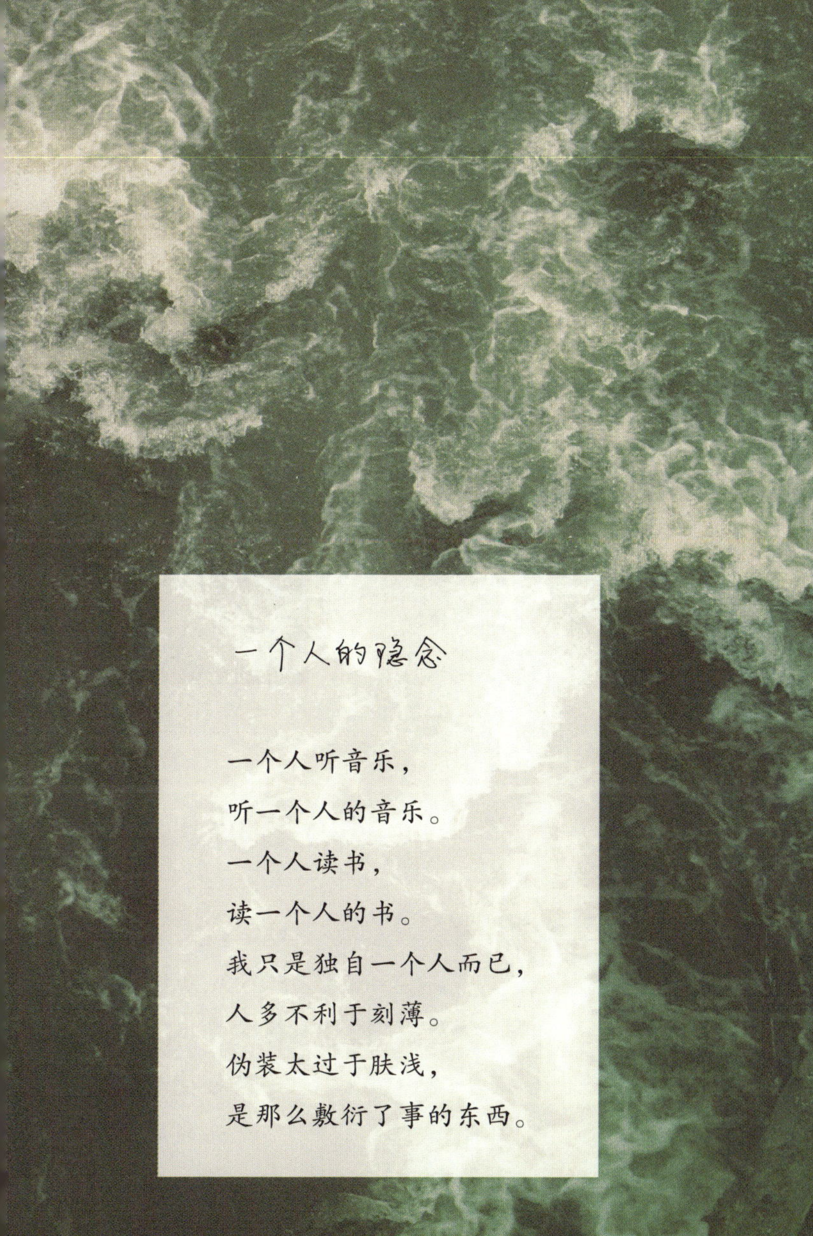

一个人的隐念

一个人听音乐，
听一个人的音乐。
一个人读书，
读一个人的书。
我只是独自一个人而已，
人多不利于刻薄。
伪装太过于肤浅，
是那么敷衍了事的东西。

阴暗

你总是独自躲在角落，
看着这世界的黑暗。
你喜欢暗暗地剖析身边的一切，
你逼着自己相信这个世界
是如此有害。
你需要的是足够的寂静，
来存放你刻意阴暗的灵魂。
你的极好和极坏都干得出来。
正面是你的拥抱，
背面是你的尖刀。
你不需要让全世界都知道
你是个什么样的人，
你内心清楚地知道，
你并不像自己表现得
如此正常。
放心，
你的观众们也都知道。
你不畏惧，
你只接受最真实的自己
那无法超越。

坚强，忍耐，骄傲

你越来越沉默，
从活泼明艳的少女，蜕变成穿着
黑色衣服的青年女子，
默默挺立抗争，
穿越由人群构成的时空。
你与黑夜为伴，
比起天空中耀眼的星星，
你更喜欢独一无二的月亮。
你相信，
有本事倔强的姑娘，
也有本事坚强。

我，只是有层坚硬的外壳

“人缠不过自己的性格，
常常在万籁俱寂的时刻，
以刀铤与自己短兵相接。”
我不是一个从众者，
我习惯将自己立于人群之外，
去享受独处的时光，
沉醉于每一个自我隔离的状态。
顺应自己的心境，
追随内在的声音。
不改变，
不妥协，
我愿意为自己的每一次经历承担责任。
因为，
待人友善和独来独往，
二者之间并不矛盾。

你不合群，挺好的

不被时代认同的，
往往，
是时代需要的。
不入主流的，
往往，
是深刻的。
当你发现，
你和世界不一样，
那，
就坚持你的不一样好了，
对你来说，
就是，
做你自己，
你，
如果只对自己妥协。

再见

毕业大戏排练演出的那段时光，
每次空闲下来，
我都会去南锣鼓巷里，
一家叫北平咖啡的小店，
我称之为花店。
室内布满了鲜花绿植，
美得生机盎然。
店员说她们每天都要更换新花，
以保持花的新鲜程度。
一角醒目的绿色沙发，
像一个专属于自己的座位，
似乎每次都在默默地等待着我的到来，
慵懒的阳光照在复古的白色木桌上，
一杯金汤力作陪，
透过窗，
看古巷里闲逛的老外，
别有一番乐趣。

六年后的今天，

鲜花已经不在，

映入眼帘的是些毫无生命力的干花，

原来专属于我的绿色沙发上写着

只限四人以上，

恨自己没能留住她当年的美。

现在，

我不再称她为花店，

我说，
那是北平。
当那些曾经让你感到温暖的事物，
不再让你觉得美好的时候，
没什么犹豫的，
有些东西，
不会因为你的唏嘘而恢复当年的样子，
一如我们渐行渐远的青春。
要么，
果断地接受她现在的样子。
要么，
干脆地告别。

时机来到

我一直觉得，太幸运的事儿不会突然砸到自己头上，所以对任何值得高兴的事情都不抱有太多的期望，这样至少不会失望。

但在首都购车摇号这件事情上，我终于意识到了自己的幸运。

2013 年 7 月 5 日，在学校的毕业典礼上，我们正式被宣告大学毕业，7 月 6 日，同学们为我庆生，这更像是我们真正踏入社会的一场“成人礼”，同月 16 号中签。

这对我来说无疑是最好的毕业生日大礼。依稀记得那天，在网页的缓冲光标的转动下等待的心情，如同穿越回六年前高考分数的查询现场，全程贯穿的是极速心跳下的紧张与激动。

显示结果令我喜极而泣。

同学听闻这个消息的时候全体沸腾，他们大部分从第一期便开始申请指标，却一直未果，而我申请的时间在2013年的春节，历经了五个月的时间。我宽慰他们，你们都是伟大的人，除了助减雾霾，还能少给首都添点儿“堵”。

命运就是这样，注定属于你的东西，你无需去强求，它会在一个最合适的时间到来。那些你希望得到却没有得到的，它可能只是暂时藏身于某个角落，只是，时机未到。

每个人都是
唯一

Fritillaria imperialis

倔强地保留自己颜色的人

有黑有白，
非黑即白。
黑色——个性、叛逆、神秘，
张扬着桀骜不驯或不羁。
它代表着一种生活态度，
在渴望自我和不被轻易折服中
渲泄着潜在的感性。
如一双迷人的大眼睛，
隐含着沉郁和倔强，
一个色彩浓重，
而又独立的世界。
白色——将一切归于纯净，
在浮华里沉静，
不容妥胁。

你就是你

我的一个女朋友，
她说话总是习惯性地带一些
语气助词，
因为她很漂亮，
我觉得这会给她的形象减分。
有一次，
我建议她改掉这个坏毛病。
她说，
如果我改了的话我就不是我了，
我们在一起我就不能做自己了，
你喜欢的也不是真实的我了。
她的话值得玩味，
我不但没生气，
反倒更接受她了，
我们很相像，
都是坚持着在这个世界
做自己的人，
我又有什么权力去让她
做出改变呢?
至于别人怎么看待她，
那是另一回事儿，
至少，
在我心里，
这姑娘很棒。

特殊癖好

每个人都会有属于自己的“特殊癖好”，与人初次见面，有的人会盯着对方的鞋子看很久，有的人会仔细观察对方的眼睛，而我却首先注意对方的手，我特别喜欢手长得好看的人。美丽的双手使我欲罢不能，可能还会因此“爱”上这个人，或者也可以这么说，我愿意与之接触的人，手都长得很好看。

还是这姑娘，她的手非常漂亮，手指修长，与常人不同的是她的手比一些男孩子的手还要大，牵起来很有安全感。她特别偏爱美甲，几次跟我说，如果她卸了指甲就感觉像没穿衣服一样，特别难受，她必须要做指甲，所以隔三差五就去给指甲更换新的颜色，这对她来说是最重要的事儿，也是属于她的“特殊癖好”。

生命的力量在于：不顺从

总有一些人，
热衷于用他们那点可怜的见识和浅薄的
三观来劝慰一个人，
带着莫名的优越感，
试图让所有人活成一个样子，
也试图全盘抹杀精彩人生的重要因素
和可能性。
一旦你没有按照他们的意愿行事，
就好像你做了一件十恶不赦的事情。
他们习惯以善意的名义去改变他人，
用恨不得拯救全世界的方式
来证明自己的能力，
他们乐于用自己未必成熟的评判标准
来对别人的生活指手画脚，

然而，

独立思想在当今社会已然成为一件奢侈品。

绝大多数庸俗的人，

会顽固地认为，

一个拥有独立思想的人

是一种奇怪而可怕的怪物，

他们会通过大量口水来说教，

他们试图操控你，

希望把你也变得和他们一样平庸。

你无需把满足他人的期望奉为自己

生活的目标。

因为，

身为具有独立思想的个体的基本权利，

便是拥有自主选择人生的权利。

生命不息，

冲锋不止。

顺从你自己的内心，

挺好的。

你为谁“容”

我不属于太爱打扮自己的姑娘，因为我把大部分精力都放在了享用美食上，上学时经常邋遢地穿着一条运动裤过完整个学期。包括几次去剧组，一直穿得很休闲，导演见我都觉得不可思议，“你今天穿得……还真有点儿……好家伙，也不捯饬捯饬。”好像见他们就一定要把自己装扮成花枝招展的样子才叫把这件事情放在眼里。

我不过认为自己是以准备创作人物的身份出现，我的人就是一个塑造的本体，不在乎穿了什么，画了怎样风格的妆，大方得体就好，重要的还是要把最真实的一面展现出来，又不是什么重要场合，必须要给自己加一个固定的模式。

而另一种情况就不一样了，有时候一个小的家庭聚会，我会打扮得稍微亮丽一点再出席，或者某个独处的午后，我可能会画上自己喜欢的妆，穿上刚入手的新鞋，这让我感觉很舒服，也能给我带来真正的喜悦。

表象

我始终不觉得年龄是一个多么大的障碍。

当屡次被人问道“你十几岁呀”的时候，

我的内心是接受的，

甚至有种，

我的真实年龄被外表蒙蔽，

而表象又蒙蔽了你们的双眼的“自豪感”。

可我深知，

这就是很多人都称我

“小姑娘”“小丫头”的原因，

他们更多时候愿意把我当成一个小孩儿。

没错，

不是孩子，

因为我本身就是一个孩子。

自己

我一直认为，最了解自己的人，莫过于自己本身。一个人什么时候是最美的？我想，应该是做自己喜欢的事情的时候吧，那时她的状态是放松的，她的心灵是自由的。人应该找到自己美的样子，每个人都找到了，就会很美。

我最喜欢的时刻，是与自己灵魂共舞的时刻，以文字的形式，而不是当众表演，这可能和我大学的专业略有出入，但我认为它并不能妨碍我选择做自己喜欢做的事情，也绝不会允许它成为我命运的一道枷锁，同学和我说："我觉得你内在的能力比外在表现要强得太多，你最强大的能力也许是独处时的能力，有的人能在一个人的时候积蓄能量进行创作，有的人擅长在众人面前表演，每个人特质不一样，我觉得你有特别安静的能力，安静的美感。"虽然读书四年我们相处有限，但她的话真正给予了我充足的养分。在文字里，我会充分思考自己的人生，我喜欢用这种方式与自己交流，对世界的思考，我会先把它写在心里，然后呈现到文字中，我不会当着任何人的面阐明我的世界观，却愿意通过文字搭建一座桥梁和一些人建立精神上的沟通。在众人面前，我尚未做到过把自己的心真正打开，其中也参杂着别扭的成分，这可能是我的弱势，包括拍照片，

在一个规定的环境里，我会感觉很不自在，总是不能游刃有余地找到自己最舒服的状态，而生活上就不一样了，无论以什么形式面对镜头，那都是我自己，不用矫揉造作，即便是，那也是我愿意的，就是很随意。读过《九重人格》的人都知道，书里有对不同人格的诠释和分类，总有一个能代表你。可我认为自己就占领了一大部分的关键词，所以时常觉得自己人格分裂，这也是很多人觉得我奇怪的原因。不过以分裂为代价，至少能够避免发疯。

当你面对不同的人群，就会有很多副不同的面孔，譬如和一个喜欢的人相处，对方会认为你大方开朗，和一个反感甚至厌恶的人接触，对方会认为你寒冷如冰，就是这样。我认为，一个人如果想认识真正的自己，是需要大量及完整的时间和空间独处的，只有自己和自己相处的时候，才会认清最真实的自己。

一个人是由很多个“我”组成的，
黑暗的、光明的、冷漠的、热情的。

平反

很多人认为，学习不好的孩子才会去学艺术，无路可走的时候这至少是一条退路，这种全盘否定，打击一大片人的话，是极不负责任的。

不假，这其中确实包含着小部分存有侥幸心理的家长，认为走这条路可以让孩子轻松一点，孩子也觉得终于不用“学海无涯苦作舟”了，似乎解放了自己。他们错了，艺术是没有捷径可走的，任何一条道路都是需要吃苦做垫脚石的，如今这个时代，只靠脸蛋儿不拼才华是吃不上好饭的，也没有任何一个行业是不需要文化底蕴的，最后还是适者生存，不信你看吧。

想钻艺术空子的人，不如考虑考虑去部队吃吃苦，先磨练意志吧，等思想成熟了，回过头来自己会知道什么是自己真正热爱的，适合自己的，好饭不怕晚。

对于艺术家来说，成就他们的是自身的文化、经历、阅历，而非其他。一路带着自己的使命和艰辛“悬梁刺股”坚持过来，而非投机取巧。如果对所有与艺术相关的人和事都一概而论，那大家还走进电影院干嘛呢？上学时，我心里的第一志愿是北京大学中文系，这也是我现在还一直坚持写作的原因。可能从小受到艺术的熏陶比较多，自身会带有一些这方面的灵性，很多长辈建议我可以专业地学习一下表演，加上当时对表演学习的渴望，所以大学我选择了戏剧学院，我认为这和我的写作生涯并不冲突，也并不是学习了表演，我就可以说自己是一个演员了，表演本是神圣的，我需要时间的沉淀，岁月的累积，不然削弱了它的份量，对不起自己，更对不起观众。

我身边一个理工大学的男生，成绩在全校都是名列前茅。因为对表演艺术的执着追求，为了重新报考大学，毅然地退学了，那年他大三，年龄已超应届生多岁。家里人认为他疯了，外人认为这是荒唐的行为，在我看来这不足为奇，我钦佩这样的人，因为只有他自己知道，什么是热爱。发小儿现就职某文工团。她5岁起学习音乐，对音乐有着极高的悟性，初中时便开始进行系统而专业的学习。高考的时候，需要每天练10个小时以上的琴，但这也并没有影响她对文化课的学习，她最终以561的高分成绩被学校录取。相信有太多和她一样艰辛经历的考生，他们在寒冷的冬天

汇聚到一个城市，参加各个学校的自主招生考试，他们的身体冻得麻木，但是他们依旧为热爱坚持，也许有的时候，他们付出的，比文化课考生要多得多。他们凭借自己的一技之长，利用自己的优势为自己赢得了上大学的机会，这难道不是一件值得鼓舞的事情吗？

我相信没有人会否认艺术的魅力，生活同样离不开艺术，但是万物都有本源。

请放下你们对艺术生的偏见，保护他们心中最圣洁的梦想。

自由

有人小心谨慎，
力求稳妥，
认为思考过即可，
不必执着于行动，
麻烦你让一让，
不要挡在我和我的成长之间，
一切都势在必行。

别怕

你不想原谅这个世界的不纯粹，
相比于弱者的哭诉，
你更欣赏强者的骄傲。
你的灵魂如石头般坚硬，
那些经过算计和权衡的世俗生活，
对你毫无吸引力。
无底洞窥探着你，
你直视不安的现状。
你认为没有不能打破的沉沦，
你的心中有一面镜子，
而路过的人都能看到你心中他们的样子。
你说没有不可治愈的伤痛，
所有失去的，
会在最合适的时间以另一种方式归来。
你扬言不嫁给常规，
你摆脱现实的枷锁，
以自由的方式生活。

你本来就可以

“我想过整人，想过打人，想过翻脸离开，想过从此不干了，甚至想过伤害自己，我借酒消过愁，我也试着抱怨和埋怨……”

这是一个年轻人对我的倾诉。

很开心，他每次都愿意把自己心里的烦闷向我倾诉，同时，他的心理状态确实给我的写作带来了很多灵感，这是我要感谢他的。

之前他矛盾过，不希望每次都将负能量传递给我。我玩笑道：“这才是我存在的意义，来吧，抛给我吧，我消化系统健康。”

他是一个很聪明的人，按常理应该能够很好地控制情绪，可事实恰好相反。

“我现在不快乐。”

你得到过的快乐，都是馈赠。因为这本身就是一个充满坎坷的道路，而不是你遇到了坎坷。

“我现在十分难熬。”

你只是将自己的困难放大了，这世上有太多活得比你吃力的人，他们谈不上生活，只是活着，艰难地生存。

“太多人都会让我不舒服。”

你应做的，是用最好的年华去武装自己，而不是通过别人的无知、野蛮、愚昧来磨灭自我认知，甚至摧毁自己的意志，你还有那么多爱你的人。

我让他问自己几个问题。

你厌恶的人，他们对你重要吗？他们值得吗？

答案是否定的。

所以，你需要做的是保护好自己，精神上的保护与身体上的保护，不生气、不受伤。这种保护，是用你的智慧而不是武力，更不是情绪。

你要明确自己的方向，清楚自己是谁，来这做什么，甚至可以把自己放在高于别人的位置，换一个角度去看待他们，当你以俯视的姿态去面对一些人和事时，“蔑视”自然会打败“一般见识”。不要把心思拘泥在琐碎的小事情上，你的眼光放得多长远，你的道路就有多宽广。

“是。”

如果你真的热爱自己的选择，就要冲破荆棘地走下去。不要辜负了你受过的苦，它们都是你爆发前的累积。

“我相信我可以！”

你本来就可以。说不定离开这个环境的那一天，你会感到些许不舍，说不定你以后会感谢这段经历。记住，所有痛苦的经历都是值得感谢的。

“谢谢你给我力量。”

嗯，也谢谢你。

努力，不能停

有时候，你必须要问问自己凭什么？而不是一味地想和这个世界谈谈。

诺大的世界里，优秀者青出于蓝而胜于蓝。你有什么本领让好事情必须落在自己的头上？你可能会说，我什么都不差，要什么有什么。是的，别人也什么都不差。而差异是，在你对自己的一切想当然的时候，别人仍在拼尽全力。没有绝对的幸运，它建立在不停歇的努力之上，然后，才是命运。

永远都要让你的才华，大过你的野心。

每个人都是唯一

你有意保持独立和冷静，

你与外界保持一种奇怪和必然的

仇恨与较量关系。

你很少结交同龄的孩子，

你疏远你的朋友或对手。

你懂得相对信赖与绝对独立的关系，

你内在的声音说着我们必须相信自己

我们能够自由浮沉。

你相信自我的价值，

就是那个唯一的“我”，

是的，

是“唯一”，

余皆不要。

Durian

第二章

不合时宜

染缸

野心

你们说，我拒绝宴会，拒绝机会。
是的，我拒绝一切与肮脏有关的场所，
当然，这肮脏大部分来自精神上的。
你们说，很少在人群中找到我的影子。
你们说，我太拿自己当盘菜。
无论你们是出于真心还是假意，
我都谢谢你们。
那些腐朽庸俗的作风，
永远不能够将我吸附。
而我不会让你们看到的，
是一直用文字，
撑着的野心。

安分守己，明哲保身

爱憎分明的人总在两极分化的精神世界中行走，
我也是。
我不想突出重围，
去适应这个世界，
我不需要，
这个世界也不需要。
所以行驶在属于自己的生活轨道之上吧，
用我无可抵消的意志与坚强。

宁为玉碎，不为瓦全

有一次拍电影，饰演一个高中学生，服装不是常规的校服，相对华丽一些，更像是用于舞台上的，但并不袒胸露背，绝没有触碰我的底线。

那天刚好是第一天，候场的时候，我坐在椅子上看剧本。

化妆师过来摆弄摆弄我的头发，上下打量一了下我："好像日本那个……"。

我并没有花精力去分析她的出发点。

我站了起来，瞧都没有瞧她一眼，但眼睛的余光告诉我她的视线还在我身上，跟着我到了服装间，我把门一关，以迅雷不及掩耳之势，换上自己的衣服，打开门，盯着她，用力地把服装往桌子上一扔，拎起包，脚不点地地扬长而去，势如破竹。

我决定不拍了。

这句话在我的精神世界是极度肮脏的，当面的口不择言我是不接受的，

我完全可以反驳，但毕竟身处工作区域，不想殃及他人，何况这个人，她不值得我张嘴。只要离开这个环境，便可以维护我的尊严。

后来，我接受了她梨花带雨的当面道歉。

再后来，我就没有见到过这个人。

精神洁癖

你的内心世界是要绝对清洁的，
绝对干净的，
你随时准备清理自己的内心世界，
使之处于一种真空状态。
你会异常在意自己所处的环境，
你非常严格地去审查与自己接触的人，
一旦发现所接触的人，
带有的任何东西是“肮脏”的，
便马上会将其直接剔除，
即便认识，
也会形同陌路。
当你厌恶一个人的时候，
那个人的所有的一切都是肮脏的，
若他不小心触碰了你的手一下，

你会想要去洗手，

或者使用其他的方法，

来将那个人的痕迹抹掉，

甚至不愿对他平静地说一句话。

你是一个有着高度精神洁癖的人，

在你的世界里，

感觉主宰一切。

狐假虎威

那些自以为是的人，
打着“权力”的旗号，
挂着羊头卖狗肉，
瞧瞧那些陈词滥调，
烂谷子旧芝麻翻来覆去地嚼，
总是迫不及待地展现着他们那
不堪入目的“才华”，
活生生地把此地无银三百两里的
二麻子演绎了出来，
若没点儿丰富的语言知识，
还真有可能落败在那喋喋不休的
三寸不烂之舌下。

行业

泥沙俱下，
鱼龙混杂。
门槛不断被降低，
而缺乏羞耻感。
从业者的敬畏日益消失，
罐头充当新鲜蔬菜逐渐变成了主流，
毁誉便无分际，
本体似乎已经不重要了。
票房、收视，
是占有生产资料之徒最大限度地压榨能力
与价值的托辞，
披着人皮的，
开矿的，挖煤的，
俨然催生了很大的泡沫，
而膨胀建立起来的恶性自信是资本介入的悲哀。

演员

明星是明星，
演员是演员，
两者不能混为一谈。
真正的演员并不在意自己有无光环，
只是忠于自己热爱的事业罢了。
反之，
有些头顶光环的人根本配不上“演员”二字，
只是点缀波澜壮阔的大时代的媚俗皮囊。
好演员，
只要把人做好，
把戏演好就够了，
自会发光。
若同时还想着哗众取宠，
赚个眼球，
搏老百姓一笑，
那就不是纯粹的演员，
那叫娱乐圈儿。

有人钻圈儿，

就有人挂在圈儿上。

娱乐圈，

本身就包含悲喜剧，

玩儿得好叫娱乐，

玩儿不好就把自己给娱乐了。

闭上你们的嘴吧

休息室里，
男男女女，
一帮人在一起喝茶聊天，
当时我戴着耳机，
坐在一个角落里看书，
并没有参与其中。
但我能够清楚地听见
他们说些什么，
他们在谈论一个人，
巧的是，
她是我非常欣赏的人，
不知是什么样的深仇大恨，
丧心病狂的谩骂愈加唾沫横飞，
但我知道，
造谣女人是最不需要成本的，
因为太多人喜欢习惯性地
滋养暴力的温床，
抨击一个女人，
尤其是漂亮女人，
你只要给她贴上放荡的标签，
不光是男人，
连女人都开始对她吐口水。
然而说到滥交，
那些自诩清高
却风流成性的
谣言制造者，
或许才是佼佼者。

热点新闻过后的冷思考

花巨大手笔操办的事情，也许会物极必反，让人眼睛享受，头脑麻木，毫无营养可言。和那些整天播报谁家买飞机，谁家换豪宅的烂大街新闻一样，宣扬的价值观很不端正。

我是属于两耳不闻窗外事的人，但有一些东西，你看，或不看，它都明晃晃地摆在那里，总是无意间闯入你的眼帘，然后恶心了灵魂，再自我过滤掉。这是媒介的责任，因为有一些人，他们过滤不掉，然后就诞生了苟同、攀比等现象，最后导致精神世界的荒芜。

是非

谁还没有几段自己心中的“黑历史”呢？

它们可能在外人眼中不足为奇，

只是你苛求完美。

反之，

一些再正常不过的小事情，

在媒介的作用下，

在老百姓的生活里，

传播，

放大，

再放大，

对的也变成错的，

错的便成为罪不可赦。

这些事情，

普通人都干过。

君子绝交不出恶语

他们喜欢或者厌恶一个人，
不是因为这个人本身的行为方式
是否符合他们为人处世的价值观，
而是迎合或背离他们对于某类群体的期望，
或一些不相干的因素。
将你们那浅薄的思想放远大点吧，
你们那里装不下灵魂。
如此恶心令人生厌，
全是肮脏。
嬉笑怒骂荤素不忌，
以高尚的名义掩盖自己的庸俗，
将是非咀嚼得难辨真假。
自视国之精英世界栋梁，
公然露出强势的嘴脸，
因为面子而失了气节，
那真的很不妙。

心照不宣

曾经疑虑，自己把这个世界看得太透彻，到底是不是一件好事，活得太清醒，或许会失掉很多快乐。直到现在我认为，它绝不是一件坏事。

不然，我会失去更多。

我知道坐着的那个女人就是老板，但我因当时感受到的不舒服的气场装作并不知道的样子，她瞧了瞧我，和经纪人(我并没有经纪人，因人推荐她找到我)说：“可以啊，给导演发照片吧，导演觉得可以就定妆呗。”

我愣了一下，问角色的分量，人家跟我说几十场吧。

“前提是必须要签约吗？”

经纪人说："是的，你要和我们签约，咱们还是想用自己的演员。"

"有没有可能先尝试合作，相互了解磨合之后，再考虑签约的问题。"

老板脸色一下就变了。

"首先我们要有打造你的想法才能考虑签约，但我告诉你，现在我对你还没有这种感觉。"

我已捕捉到她言语中自相矛盾的端倪了。

微笑地看着她，

心里窃喜："就等你这句话呢。"

天然去雕饰，打造对我来说就意味着糟践。

我告诉她："都明白。"

她被我刺激到了，认为只有她们才拥有做出选择的权利，我只能被选择，而这话却被我单刀直入地提了出来。

她眉宇间从始至终透着耿耿于怀，为我对她的冷落，竟然没有像哈巴狗似的巴结她，这一切对她而言甚至是狂妄。

离开的时候经纪人送我出来，我单独告诉她，我就是这样，并不是以拍戏谋生，逮住每个机会都要生扑，我必须要对自己负责，但还是谢谢她。

无奇不有

了然

外面的世界，
满是疲惫。
委屈挣扎，
掩饰躲藏。
一个虚荣，
是为了满足一个更大得虚荣。
灵魂深处的恐慌和排斥，
锐利又鲜明。
各行各业都疯了罢了，
他们也疯了罢了。
这里就像是一个大的精神病院，
他们都是群唯利是图的疯子。
很想安静地坐在窗前读读书，
享受午后的阳光。
但是那墙外的小路，

早已站满了吆喝的钱商。

天空有雾霾，

不会使人心情舒畅，

我就看看街上的行人，

和刚要冒绿芽的草和叶子，

让肺里的气体流动交换一下，

我闻到了带有尾气的阳光的味道。

限量版

不乏少数的男女，
他们总是用一种奇货可居的心理去恋爱，
经常表现出一副炙手可热的样子，
为有很多追求者而感到光彩，
甚至觉得存储很多备胎
是件无比自豪的事情，
换过的伴侣都能凑一个联合国了。
还不如利用这些时间，
把自己打造成珍贵的限量版。
比起被大众哄抢的廉价物品，
我只钟意价值连城的宝玉。
只可远观，
不可亵玩。

小赌怡情，大赌伤身

有人跟我说股票栽了，
输得一败涂地，
我说没关系啊，
输了这次你还能输下次，
他怒火攻心。
生气不是首要任务，
要从失败中总结经验，
吸取教训，
多少人死在了“贪婪”二字上。

姑娘们，醒醒

面对赫赫有名的花花公子，
你最好选择性地“相信”他的话，
“浪子回头金不换”，
这句话在他们身上是无法奏效的，
穿越他们的心，
你的眼睛要洞穿世事，
要坚定地相信，
“江山易改，本性难移”，
更不要抱着“因为他之前没有遇到我”
这样的侥幸心理，
“你以为你是谁，
幸福终点站吗？”

姑娘，你的幸福和快乐不附属于任何人时，

你是自由而高贵的。

姑娘，喜欢的东西，自己买。别人给的，烫手。

姑娘，相互交换的情感，都不会长久，

那不是生命真实的流露，是你外在粗略的伪装。

姑娘，你丢失了自己却不自知，因物质而选择男人，

是可惜，问问自己的心，真的快乐吗？

姑娘，一句“我养你，你什么都不用干”，

只不过是以“为你好”的名义奴役你的方式罢了，

它会慢慢剥削你的价值。

姑娘，你认为荣耀的，其实是艰难的，

这样的委曲求全，扔掉。

姑娘，被浮华世界的豪华威严震慑久了，

必定是精神世界的陌路人。

灰败人生

人们过不上自己想要的生活，
又渴望在人群中发言来博得关注，
获取存在感。
有时只是仅仅凭借着那点浅薄的关系，
任凭印象来改造记忆，
构画出一个陌生的世界，
虚假的高尚，
喧嚣即虚无。

第二章／不合时宜

世界

人，
讽刺着你，
羡慕着你。
不搭理你，
较劲于你。
相互蔑视，
又相互奉承。
各自希望自己强于别人，
又各自屈膝在别人面前。
时代，
扼杀人们的思想，
不允许人们犯错，
最后还要承受舆论的压力。
人才并不稀缺，
而是大部分人才都被风险规避了。

残杀

其实，

人们一直都活在残杀里，

从未停止。

人吃动物，

动物吃人，

动物吃动物，

人吃人。

而长角的动物，

基本上都是食草的。

那些不长角的动物，

才是食肉的。

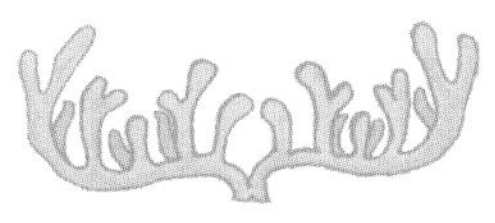

欲盖弥彰臭又猖

被一个电话从睡梦中吵醒，昏昏沉沉。

闭着眼："你好。"

电话里传来一个温柔的女声："你好，是××吗？"

我答是。

"是这样的，××女士，我这里是中国招商银行，您尾号为××××的信用卡在×月×日透支了八千元钱，已超还款期限多月。"

"我并没有这个行的信用卡，你找错人了。"欲挂掉电话。

"您是xx吗？您的身份证是××……，户口所在地××……，手机号××……"我一听都没有错。

"开户人是谁？开户地？卡号多少？"

"女士您在上海开了这张卡，卡号为××××。"

我恍惚了一下，第一反应是我的信息被泄露了，别人冒充我的名义做了这件事情。

“这卡不是我开的，我先报警再说。”

“我可以直接帮你转接我们上海这边的警方查明此事，为你调取监控录像。”

电话接到了上海市黄浦区派出所，警察让我挂掉电话，重新打给我，这之前特意让我上网查询黄浦区派出所的电话，好与来电号码进行核实，以证实他们是真的。

“现在我们开始录一下口供，你要确定你的身边没有任何人，过程中你不能受到干扰，我问什么你答什么，可以配合我们的工作吗？”

当时我独自在北京的家里，身边确实一个人也没有，格外安静。

他的话说罢，电话里突然传来一个对讲机的声音：“在××家发现了一张××名下的银行卡，速将××进行逮捕。”

警察问我：“你和××是什么关系？”

我反问：“What do you say?”

他说：“你知不知道这个人正在携巨款潜逃，现在是全国都在通缉的重要诈骗犯？你名下的银行卡为什么会在他的家里？你们到底什么关系？事情都到这个地步了，如果你是一个聪明人，就老实交代，实话实说。”

真是一波未平一波又起，

我火山喷发似地怒骂：“给我滚！”

挂掉电话。

电话又打进来，我点开扬声器把电话撂在床上。

“你竟然敢这么说话？你知道刚才和你说话的是什么人吗？他是我们的队长！你敢和我们队长这么说话，你信不信我们现在就去抓你？”

我冷笑了两下，再次挂掉电话。

接着，他们反复播打了数十遍，电话铃一遍又一遍地响起。

我已经从半梦半醒的状态彻底清醒过来了。

直到这时我心里终于有一丝疑惑：“难道我真的卷入犯罪团伙了？信用卡不是应该只有本人才能申请的吗？”

于是，我开始在网上搜索招商银行的电话，拨打过去进行咨询，其结果是，并没有这张卡的存在。

至于派出所的电话，我将同样的号码拨了回去，接听电话的是上海市黄浦区派出所，真警察告诉我：“如果你接到和我们一样号码的电话，就是骗子。”原来他们已经知道这个诈骗电话的存在了，言语上参杂着一丝无奈，仿佛在劝慰我：“别说你了，我们警察都拿他们没办法。”

事后证实，那段时间经常出入车行，而专门有些人去这一类地方买客户的资料，钻这样的空子，导致个人留下的信息泄露。

后来，我在电话里将事情全过程重述给家人。

“这叫电话制幻，一种最新的洗脑诈骗方式，让你打钱没有？”

“并没有，他们说我犯罪了，逼我供认。”

“他们就是故意让你害怕，然后假装帮你想办法，下一步就该要钱了。”

“并没怕，我把他们骂了。”

“以你的脑瓜一开始就应该想到是骗局呀，还用周旋那么半天吗？”

“睡糊涂了。”

只能说，这洗脑的时间让我叹服。

好好的一场梦，让一个电话给搅了，还陪一群骗子玩儿了半天。

之前听说过不少公众人物被诈骗的事情，现在觉得其实也不足为奇，越是聪明的人，越是会对这样的事情掉以轻心，因为他们从不觉得自己会被骗。

对于带有“银行卡”“金钱”等话题的来电，我们还是要清醒面对，不然下场就沦落到，花自己的心血，为骗子们的“演技”买了单。

你可能认为
我疯了

一人生还

每次飞机落地的那一瞬间，
都有一种莫名地力量在我身上，
伴随着它箭速般的滑行，
我似乎随时都做好了迎接它
“轰隆”的一声的准备，
想象着它爆炸，
想象着我能否意外地死里逃生，
怎样以光的速度奔逃出火灾现场。
在告知家属航班遇难的同时，
就在家人痛不欲生的时刻，
我带着坚强的灵魂，
拖着疲惫而完整的身躯给她们打去电话，
告诉她们，
我还活着，
然后第二天看到新闻，
某某航班遇难，
仅一人生还。

与想象力无关

冰城，烧烤店。

两个粗旷的中年男人撩逗一个漂亮的服务员，

“服务员，这酒没劲儿啊？”

姑娘甜滋儿滋儿的，

“挺有劲儿的呀，要不你们换白的吧，

一会儿就懵了。”

“哎呀？是吗？你过来。”

我加快了用餐的速度，

想象着随时都有可能从后厨

冲出一个手持利器的年轻小伙子，

借着是姑娘男朋友的名义，

点燃由搭讪引发的一场血战。

脑海中啤酒瓶子满天飞舞的场景，

连吃肉都感觉是嚼了碎玻璃，

疼得难以下咽。

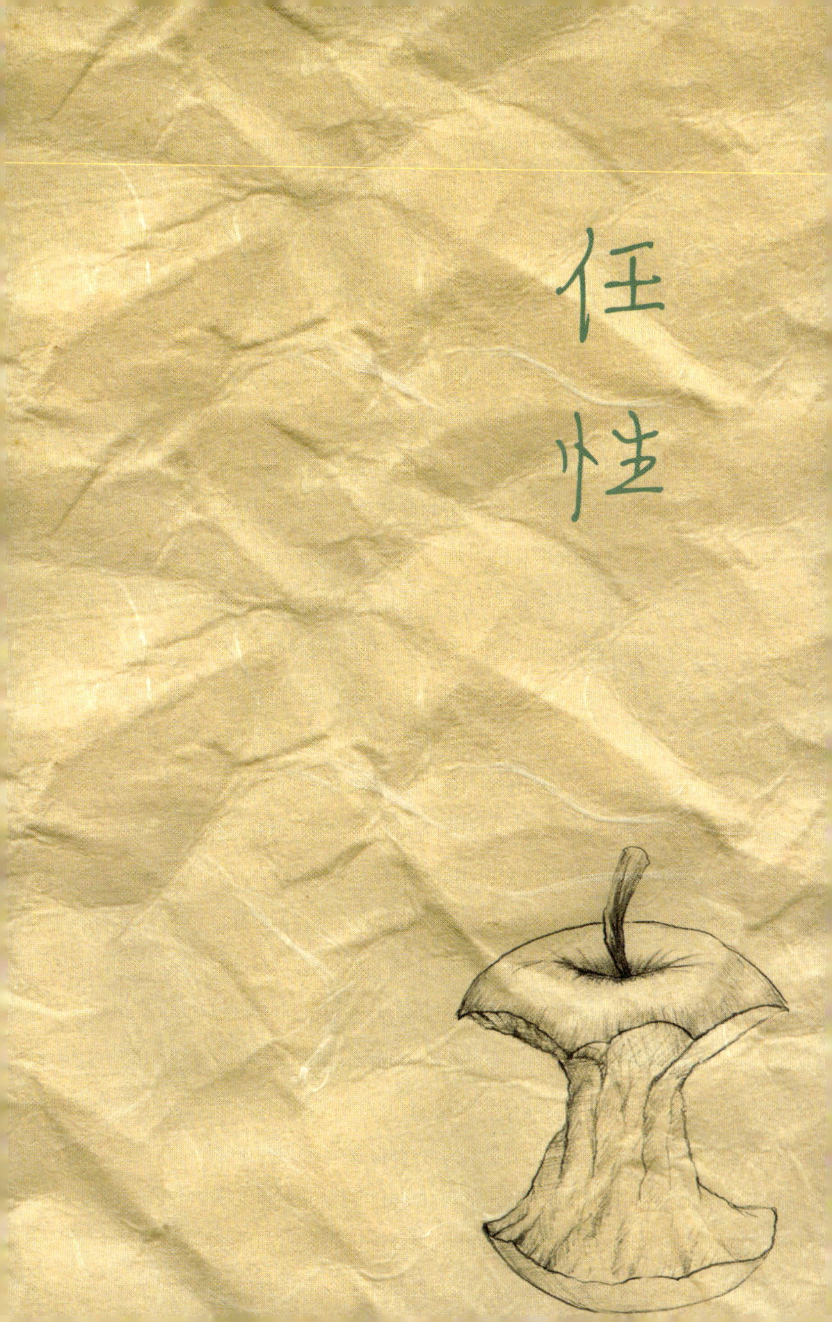

任性

抱歉，我无法做到让每个人满意

一个人的任何信息，
哪怕别人觉得再无所谓的，
他都有权利决定它是否让人知道，
让哪些人知道，
只要他不想让别人知道，
哪怕再无伤大雅，
它都属于隐私，
外人没有任何窥探的权利，
在打探别人的消息而被拒绝之后说，
“那有什么大不了的”
“那有什么不能说的”
是一件很讨厌的事情。

吃点儿东西再说

想吃东西的时候，
我就风卷残云似地吃橘子，
把所有的橘子一扫而光。
不要问我为什么，
也不要告诉我越吃越饿之类的话，
因为我面前只有一堆橘子。
最重要的是，
我从来没有说过自己饿了，
我只是想吃点儿东西。

习惯

从小就有睡前躺在床上吃糖果的坏习惯，
现在也是，
却依稀记得曾经从牙科诊所逃跑时的样子。
有一些习惯，
是刻在骨子里的，
甜是你的，
痛也是你的。

去吧，去拥抱你的寒冬

我打开阳台的窗，
任由冷风吹入，
深呼吸，
我看到了被白雪覆盖的城市还有远处的浓雾，
空气中夹杂着冬天的味道，
我喜欢这个季节，
它会让我闻到温暖的气息。
我想不会有人真正知道我为什么如此喜欢寒冬，
也不会有人真正想知道。

朋友

极不赞同“多个朋友多条路”这样的话。要搞清楚，到底是认定了这个人，还是这个人符合了你利益的价值判断或行动方向，这很重要，它决定了一段关系的纯度。

真正的朋友，本应是纯粹的。你们在一起时，你的身心，都能够完全地放松，舒服自在，大哭或大笑，吃喝或玩闹。而不是在接触的过程中绞尽脑汁地琢磨着要怎么把自己的所求跟对方透露出来，或盘算着达到什么目的。若背离了单纯的情感，都不是纯粹的朋友，那是另一种意义上的“合作伙伴”，只是美化了它的名。若遇上不靠谱的“朋友”，他的路还可能是你的“歧途”。

“他能给我带来什么利益”，“他能帮上我吗”。这样的想法在人们的交际中层出不穷。有点出息吧，总伸手等着别人救你一命，拉你一把，为什么不先学会自救自强？这个世上，最傻的事情莫过于把希望寄托在别人身上，觉得朋友就是自己的救世主，不帮你反倒成了对不起你，若真帮了你一把，你也未必感激涕零，你觉得那是朋友应该做的，或许在这样的人心里，全世界都欠他点儿什么。若把如此珍贵的情谊视为一种“偿还”，自己也得先付出点什么不是。

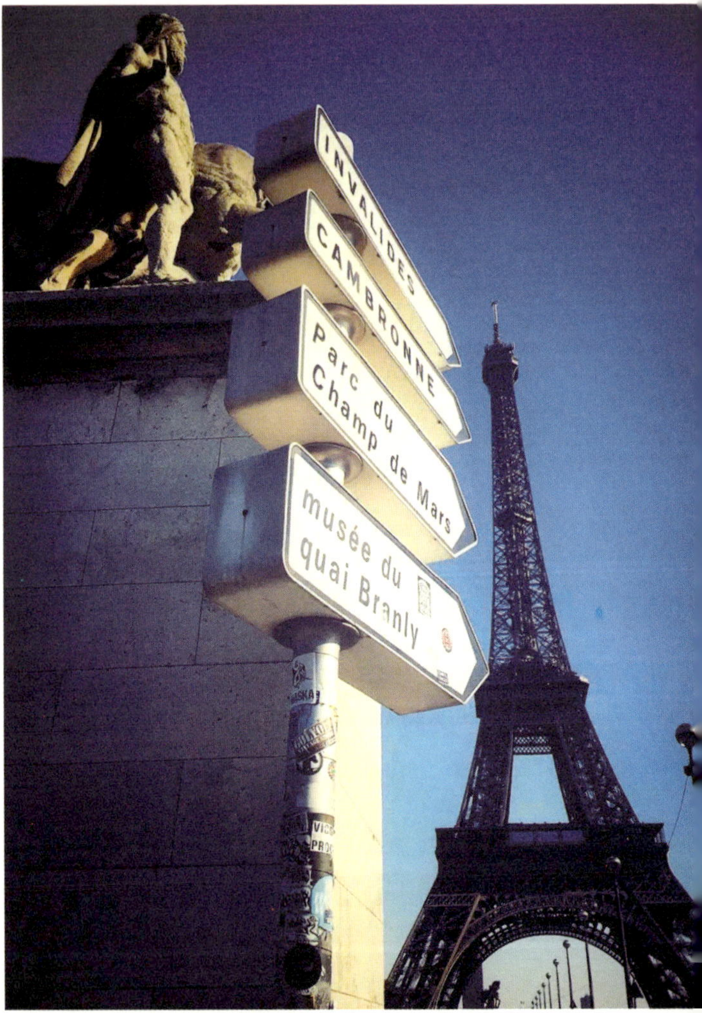
INVALIDES
CAMBRONNE
Parc du
Champ de Mars
musée du
quai Branly

脉

路是可以自己走出来的，你的思想在哪儿，你的路就在哪儿。

我是一个不爱与人结交的人，处关系这种事儿从来不干，更不会刻意去维护什么社交圈子，从不！这与我对有恩于自己的人心怀知遇之恩并不冲突。

成年以后，我更愿意通过自身的努力过自己想要的生活，对任何人都无所求，包括家人，但是如果她们给予，我也欣然接受，因为你必须要给亲人爱你的权利。

而外人就不同了，你最好清楚地分辨出哪些是真心，哪些是假意。在一个人的伪善面前，我会本能的嗅出污浊的气味，然后将其彻底从生命中根除。

认识人多并不等于人缘好，勿以多寡论英雄。如果你没有价值，人际关系对你而言是不值钱的。与其把时间花在认识人上面，不如花时间让自己变得有价值。你有多少价值，就能带来多大的吸引。到了那个时候你会发现，你，才是核心价值。

不

借着普天同庆的日子，回家休养了一段时间。

一个慵懒的午后，我正悠哉地赖在客厅沙发听着私人电台抱着笔记本写故事，忽然，传来了开门声，紧随其后的竟是一片直扑脑神经的鼎沸人声，意境全无。大人独自上前宣告带来了些朋友，他们希望到家里来“参观”一番。

我这会儿已来不及愤怒，更顾不上任何姿态，左手捧着电脑右手抓起手机光着脚以风的速度溜进自己卧室，把门锁死，如见了猫的老鼠“落荒而逃”。不好，怎么有种避坑落井的感觉，似乎遗落了最重要的东西，耳机小姐！待我即将冲出门的一刹那，阵阵欢声笑语已直逼门外而来，

我想我要是有一件隐形斗篷就好了。

大势所趋，现在不得不接受的事实是，在接下来的时间里，我恐怕很难过活了。想必大家对四五十岁东北男女的话风会有所了解，不出一会儿的工夫，他们便完美诠释了“沸反盈天”四个大字，杂乱无章的声音频率恨不得直接高达2万赫兹，在煎熬的七分钟之后，他们离开了。再回想整个事件的经过，就跟做了场梦似的，也分不清到底哪个是清醒哪个是糊涂。

“解放”的时候我问了一句：“怎么不提前打个招呼？我好歹也算一‘公众’人物。”说完连自己都乐了，不知从何时起把自己划分到这个“行列”，好像在给我刚刚的行为举止披上了一件很华丽的外衣，又给自己不愿与人们产生交集找到了一个完满的借口。大人说：“跑得挺快啊，这有什么，当时电话没拿，人家要来，咱也不能拒绝不是。”

大人们的世界，我无法理解，正如他们也无法理解，我的世界。

310 5TH ST.

狂躁症

一度来到灵魂出窍的边缘，
一切不符合当时心境的，
都是噪音。
极端病态与极端觉悟的人虽然不多，
但我是其中一个。

前者

生命中有一些人，
他们是寂静的，
仿若消失了一样，
平时完全没有联络，
似乎从未存在于彼此的世界中，
实际上，
他们总是在默默地关注着你，
义无反顾地支持着你，
最重要的是，
他们平时从不打扰你的生活，
过问你最近在忙什么。
有一天你更新了状态，
譬如说你播出了一部戏，
出版了一本书，
他们会去你的朋友圈
“盗”你的图片，
在自己的社交圈里宣传，
为你加油鼓劲，
比起每天在一起吃吃喝喝，
信誓旦旦地说着
我是多么多么支持你这种
毫无营养的话的人，
我会毫不犹豫地保留前者，
我觉得，
身边有这样的“朋友”，
也是一种幸运。

气场不合

我有一个毛病，在餐厅就餐的时候，如果听到服务员收拾盘子筷子碗时发出很大的声音，我的精神会跟着受到巨大的摧残，这对我来说是最讨厌不过的噪音，我会眼含凌厉地看着她，仿佛要将她千刀万剐，直到她看到我的那一瞬间，我才会客气的对她说一句："麻烦轻点儿。"

如果一个餐厅给我留下了这样的印象，那么我基本上不会来第二次了。

我觉得这是一个餐厅服务最基本的素的体现，你总要顾及客人的感受，一个好的餐厅，不需要装修得多么精致奢华，而是给客人营造一个舒适的就餐环境，使他们能够带着愉快的心情饱餐一顿。

所以我一直认为放着舒缓的 Blue Devils 这样相对安静轻松一点的咖啡厅更适合我。

碎纸片

曾经，
喜欢一个人，
我把他写进日记里，
后来，
我发现他是个伪君子，
我把关于他的日记全部撕掉了，
撕碎，
扔到垃圾桶里，
日记本还在，
原来关于他的，
就那么几页纸。
现在，
里面住着新的人。

Disney
STORE
I Smell of
Strawberries!

富有

金钱是价值尺度，却不能用来证明能力和思想，我不会去崇拜和喜欢一个价值标准而超过我自身。

我一直觉得自己挺富有的，首先我认同自己的消费观，从不置喙自己的生活，最重要的是我相信自己的分寸。譬如说以我现在的积蓄，我可以买自己喜欢的东西，去自己想去的国家，做自己想做的事情，偶尔奢侈地吃一顿大餐，偶尔和朋友乘公交车去找一个小吃，也曾为别人浪费食物和人家翻脸，为停车收费精打细算，即便是腰缠万贯的那一天，我还是会这么过，因为我更相信自己人格上的富有。

幸福

幸福分太多种了，
安全地回到家，
舒服的热水澡，
清晨的自然醒，
享用美食，
听自己喜爱的音乐，
种植一个盆栽，
深夜的小说与影片，
而这些，
完全可以通过自己来满足。

生活，是一种态度

很多人说我过得是小资生活，
我并不视它为贬义。
一个人小资与否，
与他在工作上是否努力毫无关系，
与他判断是非的思维和价值取向
不能等量齐观，
只是一种对生活的态度。
而生活，
是要有态度的。

瞬息

在转盘的匀速转动下，每个人都在等待属于自己的行李箱，百无聊赖中我仔细盯住每一个箱子观察，直到它从我的视线里消失。一些好看的，我会不由自主地猜想它的主人会是一个什么样的人，在整理物件儿的过程中处于何种状态，他带着什么样的心情上路。这时，自己的“宝石蓝”惊喜地跃入眼帘，待它到达我面前，便快速地提起箱子，转身离开，而将之前的思想全部忘却，仿佛从未出现在脑海中。

如此言说

作与读

文字是具有地域性的，
而文风最大的差异，是南北差异。
譬如说，北京与上海的两位作家。
前者的文字渗透着真实与犀利，
后者的文字隽秀中流露万种风情。
文风全然不同，
这是由于他们所处的成长环境，
身边的朋友，
以及城市的代入感。
而作者和读者之间
更多的是默契和缘分，
不要把难能可贵的东西
搞出一副硬性联系。

度

当我作为一个粉丝的时候，我只要知道还有很多其他人也和我一样为之狂热，我就放心了，这样至少证明我的情绪是正常的，给自己无法自拔的痴迷增添一丝心理安慰，不然我真的怕染上这种“瘾”，戒不掉，还折磨了自己。

网上看到一个女孩在某歌手的微博下留言，称爱他爱得快离婚了，我们有时需要从不同角度去审视这种状态，一切还是要建立在维持家庭和谐的基础上，不能只自顾自地激情澎湃。

孤独

很多人害怕孤独，
排斥孤独，
而我却赞美它，
拥抱它。
相比于喧闹的繁华，
它更能够让你清楚地认识自己，
无需面具的掩饰，
无需情绪的伪装。
它和坚持一样，
都是当今世上，
稀有而珍贵的品质，
它带给你光明
和前行的勇气。

突破

理性思维控制，
会帮助一个人，
也会耽误一个人。
做事情太理智的人，
一生不会犯什么大错误，
却也不会有大作为，
缓慢而稳定地错失精彩的人生。
一些成就，
是在受到刺激后的“冲动”下促成的，
这种冲动，
是你思想意识能量累积爆发后的行动，
它可能会直接把你推送到你生命领域的巅峰，
而原动力，
是你自己。

放手一搏

不要说你做不成一件事情，
是因为没有人支持你，
太多人反对你，
打击你。
真正的喜欢，
是宁可撞得头破血流都不放手的热情。
若怀揣策略，
就大胆地行动吧，
哪怕想法是荒诞的，
你完全可以把幻想当真。

保护

我们总习惯用一些善意的谎言去保护他人，

实际上，

当他知道事情真相的时候，

谎言对他来说，

已经是一种伤害了。

有的时候，

选择开诚布公，

也是另外一种保护。

危险关系

人与人的关系，

本身就是危险的，

每一次接触与交往，

都是一个脱险的过程。

而选用什么方式，

完全取决于自己。

赢

对于一个人的错，
似乎另一方非得还过来才算公平，
其实这倒更像是弱者的投射，
真正的强者，
是不计较对错输赢的。

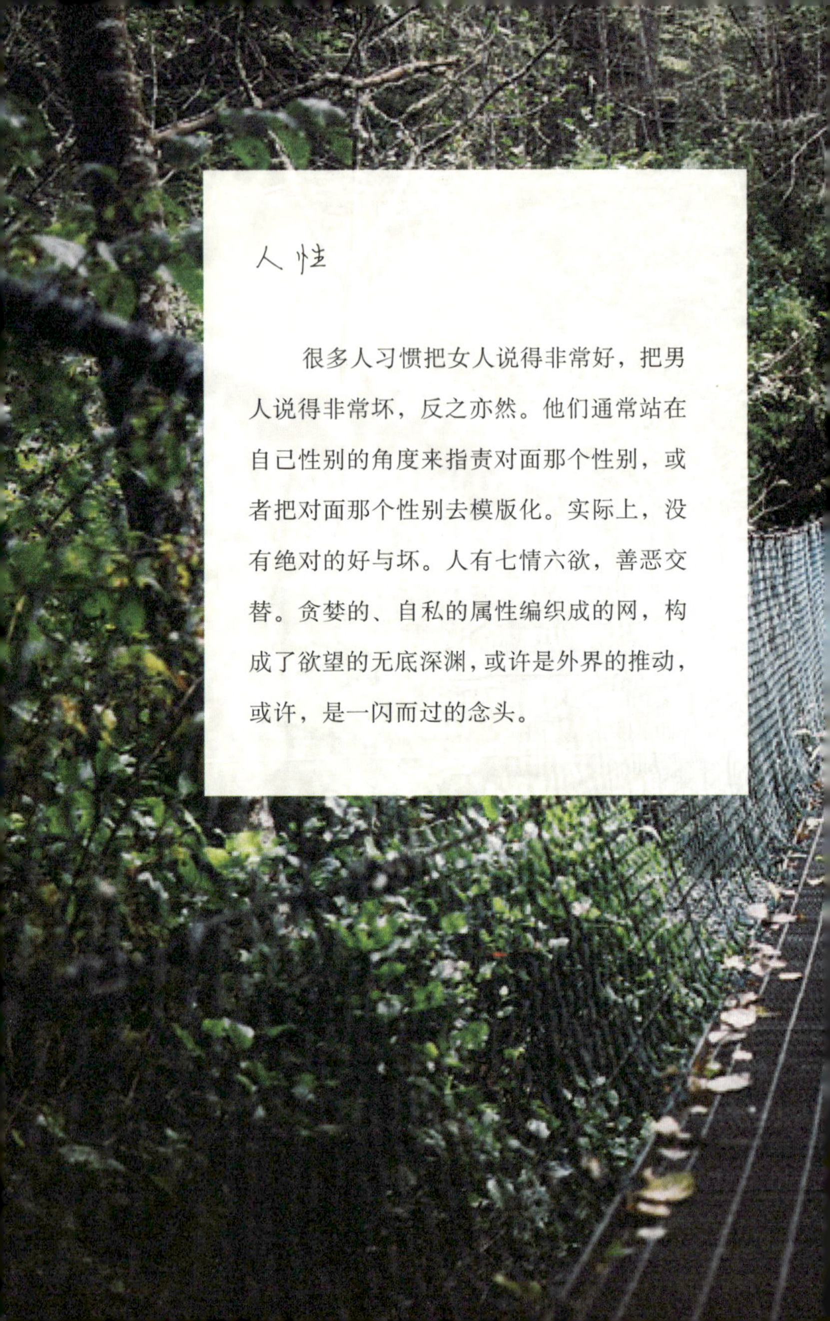

人性

很多人习惯把女人说得非常好，把男人说得非常坏，反之亦然。他们通常站在自己性别的角度来指责对面那个性别，或者把对面那个性别去模版化。实际上，没有绝对的好与坏。人有七情六欲，善恶交替。贪婪的、自私的属性编织成的网，构成了欲望的无底深渊，或许是外界的推动，或许，是一闪而过的念头。

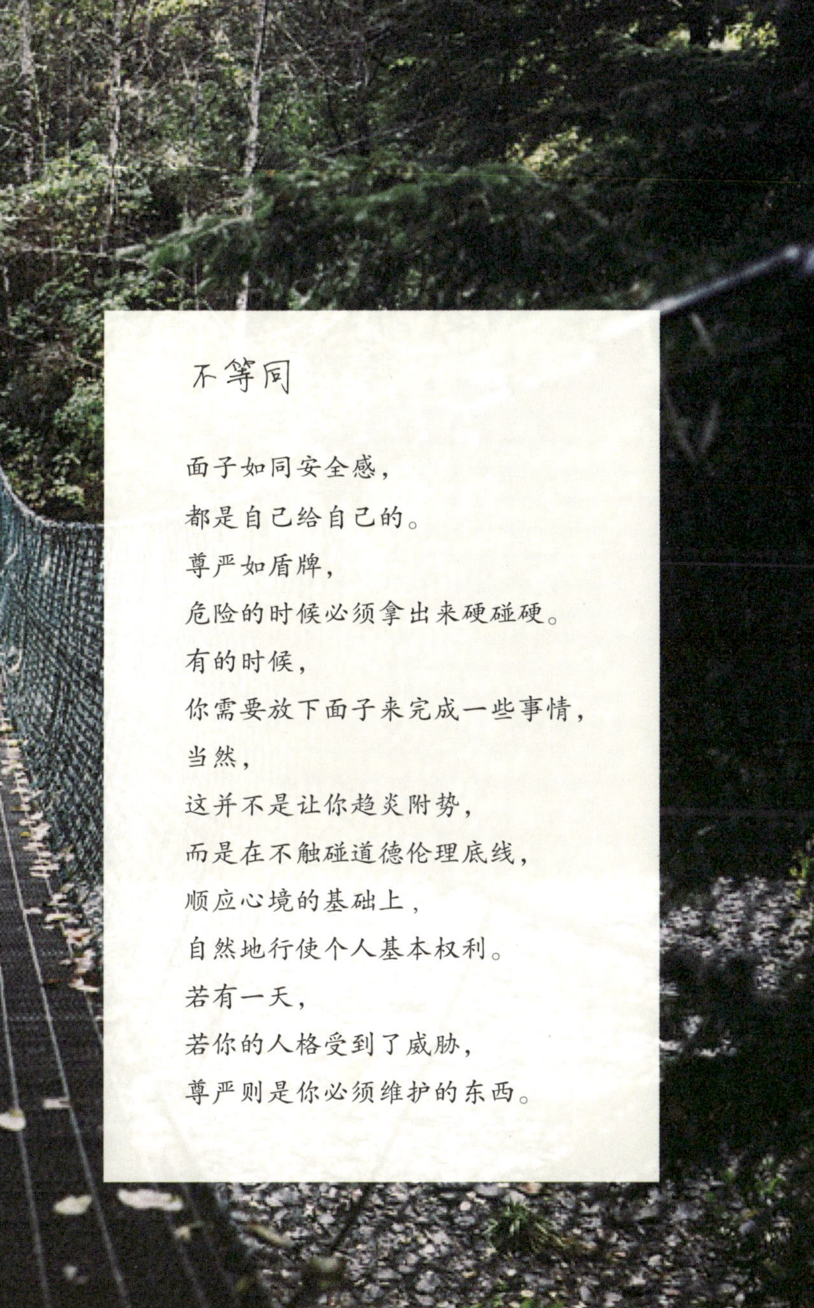

不等同

面子如同安全感，

都是自己给自己的。

尊严如盾牌，

危险的时候必须拿出来硬碰硬。

有的时候，

你需要放下面子来完成一些事情，

当然，

这并不是让你趋炎附势，

而是在不触碰道德伦理底线，

顺应心境的基础上，

自然地行使个人基本权利。

若有一天，

若你的人格受到了威胁，

尊严则是你必须维护的东西。

浅

“我太了解你了”，

这样的话本身就很幼稚，

假装精明，摆出一副评论家的态度，

殊不知已被人暗自嗤笑。

这世上，

没有人比自己更了解自己。

能被你看见的，

未必是真实的，

往往最真实的，

不会那么容易让你看见。

信任

它建立在足够的自信与安全感之上，
同时它是两个人的责任，
信或不信，
这取决于你是否愿意去相信，
和对方是否达到了让你产生信任的标准。
不要解释了，
一件事情，
对方如果打定主意不相信，
说破天了也没有用。

有情饮水饱

感情，

永远都是两个人的事情，

别人没有任何资格来指手画脚。

配与不配，

只关乎自己爱或不爱。

若不喜欢，

即使对方条件再优秀，

他都与你不配。

对于嫁人这件事儿，

若不是因爱而嫁，

即使嫁入豪门，

也是一种下嫁。

强大

所谓强大，

并不是一个人有多么强势，

多么伶牙俐齿，

也不是你获得了什么样的成就，

地位显赫，

腰缠万贯，

而是你无论身处何种环境，

都能够做到不被他人的眼光捆绑，

不受舆论的束缚，

无论面对何种人群，

依然能够不卑不亢，

用自己最自然真实的一面待人接物，

不用去奉承任何人，

独立地生活在这个世界上。

信仰

什么是信仰？生活信仰，爱情信仰，人生信仰，宗教信仰。

有的人信自己，这也是一种信仰。

我们不能抨击与自己信仰不同的人，认为他们的信仰就是错的。也不要试图改变他人的信仰，那对他本身的信仰来说，就是一种背叛。

我只相信一点，所有的信仰，都本着善良。

人与人之间，产生矛盾是正常的事情，如果每次争吵都把矛头指向彼此的信仰，这是愚昧的表现。反之，或许你们有了相同的信仰，也并不会因此减少争吵的次数，该分道扬镳的时候还是会一样老死不相往来，不要到那个时候才反思，是不是自身有问题？

爱情中，如果因为双方宗教信仰不同而放弃彼此的感情，只能说，你爱的不是对方，是宗教，它在你的爱情中形成了反作用力，朦昧了你的爱情信仰，而这种举动也并不能证明你有多么热爱自己信仰的宗教，只是给彼此无法缝合的关系找了一个神圣的借口。

最好的

当你感到口渴的那一刻，
第一想到的是某种冰镇的有色饮料，
认为只有喝了它才能够化解自己的干渴。
你想尽一切办法找寻却寻不到，
这时候，
你喝了一直在自己身边的纯净水，
也是这时候，
你并不那么想喝其他饮品了。

Durian

第三章

不可辜负

柔软
LETTERS

偏偏喜欢你

我偏爱音乐，
我偏爱昏暗，
我偏爱雨天。
我偏爱喜欢不在场，
胜于热爱及早离去。
我偏爱故事，
我偏爱远方。
就甜品而言，
我偏爱冰激凌的甜腻，
那样，
它就可以成为治愈我的药。

亲密爱人

我与自己灵魂最亲近的时刻，
是在每个零点过后的夜晚，
脑袋倚靠着床头，
搂着本子，
借助显示屏与蜡烛微弱的亮光，
刺激大脑中枢，
与自己的心灵沟通，
在精神世界里天马行空的时刻，
仿佛注定自己是属于黑夜的，
这给予我幸福感。
如同新婚的小夫妇，
在众人的祝福拥簇下疲累一整天，
盼星星，
盼月亮，
终于盼得了属于两个人的
“洞房花烛”夜，
他们存在于与彼此灵魂
靠得最近的世界，
身体释放，
精神放松，
收获属于自己的快感，
而那种幸福感，
只有他们自己知道。

不弃不离

一次，我们全家一起到海边野餐，我的手机意外掉进了海里，被一个外国友人捡到并送还于我，她告诉我，你的手机可能坏了，已经无法开机了，我第一担心的是手机里那些珍贵的相片，紧接着是备忘录，因为当时没有携带电脑，我将全部的文字都写在了手机里。于是，我们想尽了各种办法拼命挽救，最后还是于事无补，后来到维修部门检测，人家告诉我希望不大，已经给我下最后的通牒了，手机被拆开的那一刻，我正式接受了它死亡的事实，里面早已被海水浸泡腐蚀得发黄了。

换了新的手机，在为失去的照片与文字惋惜的时刻，惊奇地在新手机的备忘录里看到了熟悉的文字，我觉得不可思议，明明没有做过备份，这是我一直解不开的谜。

直到今天，我在清理邮箱的时候才发现，它和我的邮箱在多年前就已经关联同步了，只要邮箱在，它的内容就不会丢失，这是我早已经忘记的。

于是我开始分析这个环节到底在暗示我什么，似乎已经顺理成章的得到答案了，那就是，只有文字对我不离不弃，我也应该回归于它了，它是在告诉我，我们一直在，但你是时候把我们呈现给你的读者，我们不想隐居，我们期待着你的行动。

我愿意活在我的文字里，它们才是我最忠诚的伙伴。

我们不弃不离，永远在一起。

柔软

深夜，

大人们都睡了。

一盏暖灯下，

然姑娘独自吃着宵夜，

面包，蚕豆，午餐肉。

回家的日子总是温暖的，

在爱里，

她是柔软的。

“倒彩儿”

一段时间，
宅得不得了，
每天在家“闭关锁国”，
彻底与世隔绝。
这点的确符合巨蟹座的特质，
要么“玩儿”死在外，
要么宅死在家。
家人建议我出去走走，
“也不见你动弹动弹”，
“我的脑子每天都在动啊，
刚还去火星转了一圈儿”，
只听嘘声一片。

卧室

年少时的卧室，
文化气息挺浓郁的，
桌上，
床上，
地上，
到处铺得都是试卷与书本。
而现在，
卧室里全是那只叫凯蒂的猫。

记忆的容器

香水，
是嗅觉引发的记忆，
它是岁月的时光机，
让往事历历在目。
它的魅力超越视觉，
好的，
坏的，
在它的世界里，
一切都不会消失殆尽。

换我保护你

家里有一个小皮箱，我小的时候它就在，那是妈妈年轻时用过的。从小到大搬过很多次家，搬丢过许多东西，被时光筛剩下的，年代最悠久的，也只剩下小皮箱了。

一次，我打开妈妈的衣柜，与小时候不同的是，那会儿努力把自己乔装成大人样子的我，现在，是把自己买过的一些或肥或大的衣裤搬到妈妈衣柜，也正是那次，我在衣柜的最顶层发现了那只小皮箱。

真想看看里面都装了些什么宝贝。我踮起脚，把小皮箱抱了下来，挺沉的。带着一颗好奇心，箱子被打开了，扑面而来的，是关于我童年的点点滴滴。

儿时的日记本，有秩序地摞成几摞。画过的画儿，打成厚厚的卷儿，用橡皮筋儿扎着。给妈妈写过的信，规规矩矩地在信封里折叠着。自己亲手制作过的礼物与贺卡，已有了岁月的痕迹，那时我们没有足够的能力用金钱表达孝心，也许正是因为如此真挚而稚嫩的祝福方式，让朴实无华的礼物更多了一份人情味儿。

这里唯一不属于我的一件东西，就是妈妈年轻时的日记，然而，日记的内容，却都与我息息相关。

回看小时候的印迹，笑得前仰后合，那些记忆，虽可笑，却真实。它没有太多的含金量，但在妈妈心里，却价值千金。那一刻，我才知道，原来女儿在她心里，是那么重要与珍贵。

1998 年 12 月 22 日那天，我和妈妈都写了同样内容的日记，这或许是一种血缘的契合。

那天放学时，班级里临时决定进行大扫除，为了不让妈妈在外面等得太久，我的速度比一般同学都要快，在搬椅子的时候，一根长达半厘米的木头刺扎到了我左手无名指的指甲里，扎得很深，快接近半月区了，人手是拔不出来的。老师把我交到妈妈手里，她建议我们马上去医院。果然，我没有让妈妈等得太久，但是这个结果却不是我想要的，因为，我使她更担心了。

到了医院，大夫说需要做一个小的手术，把指甲切掉，才能把木头刺取出来。

手术的过程充满了爱，那个大夫我至今都记得，虽已忆不起他的模样，却永不能将那种温暖的力量忘怀。在那样的一个情境下，他的耐心与鼓励，对于一个孩子来讲，是一剂强效的镇定剂。

1998 年 12 月 22 日

今天是我最幸福的一天，虽然我受了伤，但我现在是快乐的。

我是怎么受伤的呢？今天，我终于盼到了放学的时间，可是老师突然说要大扫除，明天学校要检查。我想妈妈一定冻坏了，不知道多久才能扫完，她要是因为接我感冒了可怎么办，于是我有些着急，我觉得同学们的速度太慢了，就在这时我搬起了一个椅子，我疼得啊了一声，仔细一看，是一个木刺扎到了我的手里！我一下子就吓哭了，老师想帮我把刺拔出来，可是我越来越疼。老师把我送了出来，看见妈妈以后我哭得更严重了，老师让妈妈带我去医院，我特别害怕。

医生告诉我要做手术，我对妈妈说我害怕，妈妈告诉我有她在，不害怕。于是我决定坚强一把，让妈妈看看，因为我不希望她为我难过。

手术的时候，我一直握着妈妈的手，这个大夫特别好，可和蔼了，就是打麻药的时候有点疼，不过我挺过来了。我简直不敢相信自己的眼睛，我的手指头终于得救了，现在手被纱布缠得像个大包子，哈哈，大夫表扬了我，妈妈也表扬了我，还奖励我看动画片，我真开心。

今天真是幸福的一天。

1998年12月22日

小姑娘今天很坚强，她的表现使我感到欣慰。看着她哭着从学校走出来的样子我很心疼,我以为老师批评她了，女儿说怕我冷，所以搬椅子的时候着急了，我很感动，如果可以我真想承受她的疼痛，我一切的付出都是值得的，她是一个懂事的好孩子，当她说“害怕”的时候，我知道她是多么的需要我，有我在她身边的时候她会踏实很多，最让我敬佩的是在做手术的时候她没有哭,乖得令我感动，我知道打麻药一定很疼，但是她在努力积极地配合大夫，很顺利地完成了手术。

大夫表扬小姑娘好样的，小姑娘露出笑脸的那一刻我为有这样的乖女儿而感到自豪。她指着被取出来的木刺问大夫，“我可以拿回家留念吗？”我想奖励女儿，便问她你想要什么呀？女儿说：“妈妈我想看动画片。”我不禁想，孩子的世界总是这么容易满足，我又有什么理由拒绝我的孩子呢？希望女儿健健康康地成长，可以很坚强，很勇敢，总有一天她要独自面对这个世界，如果有一天她离开我身边，那时我可能阻拦不了她，虽然我会舍不得，我能做的，就是用我的一生好好爱她。

笑着，感动着，我将这些文字视为对母女连心最好的诠释。

大学毕业以后，回家的时间总是有限，一段时间在家，和妈妈聊起在外饮食的问题，我说："我这辈子可能都不会自己做鱼吃了，我怕那东西。"妈妈说："我以前和你一样，自从有了你之后，好像我的胆子突然就大了，勇敢得跟变了一个人似的，等你以后有了孩子就会知道。"

都说女儿是妈妈的贴心小棉袄，或许我现在还体会不到做母亲的感觉，因为这之前我必须做一个称职的好女儿。

一天，妈妈身体出了些状况，我提议带她到医院检查一下。

候诊的时候，妈妈对我说："真好，我姑娘长大了，能陪妈妈看病了。”接着，她半撒娇半认真地对我说了一句：“害怕。”我脑子里忽然闪现出了十七年前的画面，那个拖着小手的自己，对妈妈说“我害怕”时候的样子，我觉得现在的她，就是那个时候的自己，我更像是一个母亲，有意识地想要保护自己的孩子。我对妈妈说：“我在呢，别怕。”那一瞬间，我清醒地意识到，这种角色的互换，应该才是亲人间最深情的告白，而爱是我们彼此信任的纽带，更是我们用一生去召唤的使命。

手足

那一夜，
我将对你的爱，
种进了雨后花园。
想把你装进口袋，
伴我，
如影随形。
我看见，
草地里钻出神秘的蓝色月亮，
噢！
它是永恒的象征。
当光明点燃了蒙昧的虔诚之心，
那照亮我黑暗的骄傲之光，
令我喜悦，
沉醉。

MAIL

给你，我未来的孩子

孩子，

我不会这样问你，

“你希望成为像谁那样的人？”

你只需要成为你自己。

孩子，

你无需优秀给任何人看，

所有的精彩都是为了使你的人生更加丰富。

孩子，

我不会教你如何收获爱，

爱是给予，

而不是索求。

孩子，

要接受你的兄弟姐妹，

无论富贵贫穷，

未来是你们的时代。

孩子，

在你得不到一样渴望的时候，

其实是在慢慢拥有其他的可能。

孩子，

你无需去引起世界的注意，

你只要注意世界就好。

孩子，

我走我的路，

你不要走我的路。

爱

遇到真爱，就嫁了吧

她和他分手了，因为最后一次谈话。

这一次，他还是一如既往地提到了结婚的问题。

女孩儿的态度依旧明确："我要先发展我的事业，现在是不能够结婚的，这不在我近几年的计划范围之内。"

而与以往不同的是，这一次他的回答，令女孩嗤之以鼻。

"我就是为了结婚才找你，家里也催了好多年了，并且，我就是想找一个年轻漂亮的，然后生孩子。"

他不是为了爱而结婚，而是到了结婚的年龄，为了结婚而结婚，这明确的目的性强烈得可怜。

女孩儿带上讽刺性的超然微笑，他们看似波澜不惊的关系从那一刻起，正式解除。

一年后，机缘巧合，她们再次遇到，当他问起女孩儿近来生活如何时，她一脸幸福的告诉他：“好极了，我和我男朋友已经有结婚的打算了。”

他觉得不可思议：“你当初不是把事业看得比什么都重吗，怎么突然想明白了？这不像你的风格啊，你怎么没有坚持你当初坚持的呢？”

女孩儿坚定的说：“因为我从未爱过你。”

婚姻里，爱是对彼此最好的尊重，而没有爱作为基础的婚姻，终是悲凉。

女孩儿的梦

在梦中我见过你，
我不知道你是谁，
醒来的时候，
我想念你，
我闭上眼睛，
试图重新回到梦里，
我回不去了，
故事就这样结束了。
我用力回忆梦的点滴，
你对我说，
你喜欢我，
可你却始终没有说出，
你是谁。
曾在梦里，我认得你，
你眼中熟悉的光芒使我倍感亲切，

我一直知道那些奇妙的片段真实不假，

但如果我知道你的想法，

你会给我梦境中的爱情吗？

我想要唤醒自己的灵魂，

将名字写在你的云端之上，

如果，你记得我，

那么请你回来，将我带走吧。

或是再给我留下一点什么蛛丝马迹，

让我随你而去，

放飞奢望永恒的灵魂，然后永不归来。

25岁，遇到真爱

“你是我的新欢。”

“为什么这么说？”

“因为我的旧爱是自由。”

“记住，自由在你身上。”

“我爱你比你爱我要多。”

“为什么？”

“因为我给你自由，虽然这不是我本意。”

“不是的，我爱你更多。”

“为什么？”

“我愿意为你放弃自由。”

唯好男孩与好故事不可辜负，

是我写给你最盛大的情话。

心房

我的心是一所房子，

却不会为了通风而将大门敞开。

这里不欢迎游客。

现在房子里住了人，

我梦中的那个人。

我已将这扇门上锁，

这样对我和我的他，

都安全。

有生之年，我想好好爱你

我是活在黑暗里的一只潮虫，
你是我清晨的一缕阳光。
我对你很重要，
这对我来说已经很重要了。
我不爱爱情本身，
却是因为爱上一个人，
而后有了爱情。

愿你的内心永远纯真

你是孤高之人，
不是桎梏中的灵魂。
你追寻自由和平等，
褪去面具与盔甲，
远离尘世的纷杂。
你是夏天突然而至的暴雨，
是宁静中的一弯新月，
愿你的内心永远纯真。

死去活来

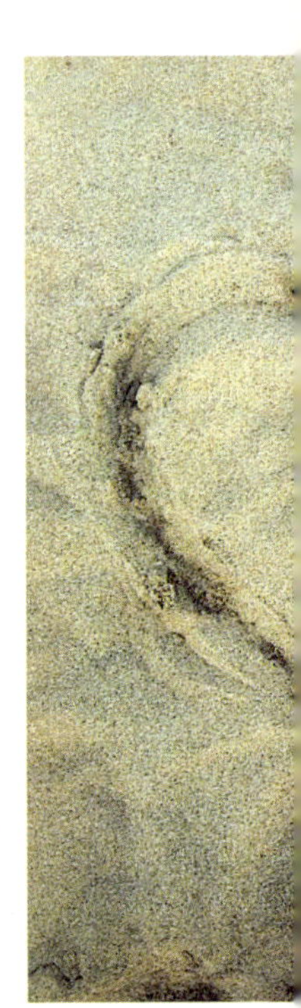

一段感情在开始的时候，

两个人都可以无限地包容和迁就对方，

渐渐地，

双方都变得越来越苛刻，

不断地要求对方说自己想听的话，

做自己想做的事，

达到自己的要求，

甚至不能有一丝偏差，

却忘记考虑对方的感受。

或许我们真的需要静下来想一想，

是不是过得太幸福了？

不要让看似完美的现实麻痹了我们的神经，

不顾一切地刻意摧毁彼此的耐心，

待它面目全非的时候再追悔莫及。

人为什么会吵架，

争吵时，

双方都沉浸在自己的情绪里，

似乎早已经不是为了事情本身，

那时的对方不是你日夜深爱着的那个人，

你们已经不认识彼此，
争吵声越来越大，
心却越来越远，
如果这个时候你能够停下来看一看对方的脸，
听一听对方的心，
想想你们当初为什么出发，
或许你会觉得，
其实对方并没有那么讨厌，
或许你会为刚说出的话感到一丝心痛，
或许，
你就不那么生气了。
爱，本应是件很开心的事儿。
在这样一种和谐的纯洁关系中，
要学会谦卑，学会柔软，学会示弱。
因为强大，是你一个人的事情，
而坚硬，是有时你面对世界，
必须要拿出来的态度。
在你爱得身心疲惫之前，
把一些导致关系质变的恶性因素扼杀在摇篮里，
便能够少一点“死去”，多一些“活来”。

《董小姐》

“你会选择一个什么动物来形容你自己?
只要说起这个问题你就能想到这个动物。”
“螃蟹”?
“胡说，明明是刺猬。”
“那你呢？”
“我是一匹黑马。”
还好没说野马，
不然我的家里没有草原啊……

城市是有记忆的

城市是有记忆的

星海湾，
它之于我留下的印记太深刻了，
它的所在之处，
是我灵魂深处心心念念的天涯海角。

烙印

自懂事以来，对大连这座城市便情有独钟，冥冥中常感觉与这座城有着不解之缘，可能因为我姥姥是大连人的缘故，自从有了我之后，她们就搬到冰城生活了，至今已二十多年。

我与大连的第一次接触，是在10岁那年的国庆节，和全家人，住在我太姥姥的家里。我的舅姥爷，带我们畅游了整个大连城，星海广场、海之韵广场、棒棰岛、金石滩、滨海路。

绵延瑰丽的海洋、蓝天、岛屿、礁石、沙滩浑然一体。

这座优雅中透露着恬静的海滨城市，从儿时起，就已经在我心里埋下深深的烙印，从此，再也挥之不去。

你来自哪里

2009 年，我在寝室的 3 号床整理床铺，门被轻轻地推开，进来一个美丽的姑娘，我们心生默契地彼此说了声“hi”，她走到我旁边的床铺放下行李，我知道，她就是 2 号床的女孩儿，她是我大学认识的第一个同学。

我们的第一个话题就是你来自哪里，她自豪地说：“我是大连的。”

我笑逐颜开：“大连是我最喜欢的城市。”我身旁的姥姥笑罢紧接着：“我也是大连人。”于是她们开始用大连话交流了起来，这场景让我至今难忘。

每次女孩在寝室和家人通电话，我都会乐此不疲地听着她讲大连话，这语言在我的世界是如此悦耳，可能这就是对一个城市的热爱吧。

“再”见钟情

2014 年夏天，我在黑河认识了一个小伙子，干干净净，眼神清澈得没有一丝杂质，我对他的第一印象很好，首先他给我的感觉很与众不同，沉稳中不失稚嫩，英俊又脱俗，这使我愿意与之成为朋友。

一天，我们相约在餐厅见面，准备随便聊聊天，我被他刚一开口的说话声音惊艳到，年轻的面孔下却有着如此磁性的嗓音，位置和共鸣都运用得恰到好处。交谈中我特别留意到他的双手，秀气修长，好看极了，这又使我对他的好感进一步加强了，我们津津有味地畅谈着，我问他老家是哪里的，他回答说：“我是大连的。”

我激动的心情溢于言表，“天呢，你竟然是大连的？”他见我如此惊异，笑着玩笑道：“怎么？

你有过大连男朋友？”我心想：“就快有了。”看着他像清泉般的双眸，我告诉他，大连是我最喜欢的城市，没有之一。然后，就有了现在的一切。

后来，他告诉我，

当时他想说的是：

“嫁到大连来吧。”

世界那么大，偏偏是这里，

我遇见了另一个城市的你。

命中注定

2015 年，
我在大连度过了整个夏天，
每天悠然自得地过着听风、见海、
吃海鲜、喝冰啤酒的惬意生活，
我觉得人生最幸福的事情
莫过于能在一所城市找到归属感，
这是大连这座城给予我的温暖。
世界有时真的很奇妙，
因为坐拥大海，
这座城的包容性很强，
这让我更加坚定，
命中注定我与这座城，
难舍难分。

地图的板块

礼物

送自己一场生日旅行，

去和 Dusit Thani 的小黑们“比美”。

CAUTION
ROTATING PROPELLER

停格

Maldives，
凌晨五点，
天未亮，
从睡梦中爬起，
等待日出。
独自站在海边，
注视着太阳一点一点升起，
坐在白色沙滩上停格，
对着大海发呆，
当时觉得，
这一切都是我一个人的。
在这遥远的地方，
把城市的喧嚣抛在脑后，
周围一个人也没有，
这给予我幸福感。

一个人，一座城

你为什么那么喜欢旅行？
我说，
旅行是从一种生活状态
走向另一种状态的过程，
它像一种“毒瘾”，
一旦开始，
便很难摆脱，
思想在脑子里不定期地作祟，
迈开脚步才会安宁。
有次在中俄边境拍戏，
就抽空报了个团，
去俄罗斯溜达了一圈儿，
说实话，
我是偏爱自由行的，
可这个城市偏偏没有。
跟着乌泱泱一群人的旅行团，
一路上不断被问到，
你自己来的？

嗬，一个小姑娘自己出来旅行。怎么不找个伴儿呢？
我当然不会回答他们的问题，
我并不觉得一个人上路有什么稀奇或不妥，
始终觉得这是非常有趣的经历，
喜欢一个人的旅行，
可以自由地选择发呆的时间和地点，
更能够让我贴近当地的生活，
有更多时间观察周围的人和事，
然后从丰富的内心世界中找到乐趣。
不要束缚和定义我们的生活，
其实，
这样的生活态度也是另一种意义。

历史与博物馆

我本人是非常喜欢参观博物馆的，
无论身处国内还是国外，
只要到了一个新的城市，
我都会去了解它的历史文化，
也许不会记得住全部，
但那一刻，
至少我站在离这座城市最近的地方。
参观历史类博物馆，
我是绝不会拍照的，
古老才是它，
作为一个现代人，
生怕一个不小心，
碰掉它历史的尘埃。

曾经在旅顺博物馆看到一句话，
心生默契，
“最好的距离，是 45 公里以外的静心凝望。”
那些默默启迪人类良知与心智的近代战争遗址，
无不令人精神振奋，
流连忘返，
我们只要以目瞻仰，
以心触摸就好了。
要保护历史，
百年以后，
我们时代的一些故事，
也将成为历史的丰碑。

晒出你的愿望清单

颜色是什么?

是澳大利亚的希勒湖,

是巴哈马群岛上的粉色沙滩,

是普罗旺斯的薰衣草花田,

是土耳其的热气球之旅,

是里约热内卢盛大的桑巴游行。

Lt Lonsdale St
172 - 176
Swanston St
304 - 328

里约热内卢

“这儿是情感碰撞的地方。”曾经有人这样评论里约。

到处都是这样的生活态度，悠闲、懒散、自得其乐。

巴西人说，“上帝花了六天时间创造世界，第七天创造了里约热内卢。”

我向往这座极端贫穷和过度奢华肩并肩地存在着，美丽与丑恶相结合的城市，这就是里约的方式，不欢迎中庸之道，只愿意接受两极的碰撞。有趣的是，这种碰撞的结果并不是一方毁灭或压倒了另一方，双方反而直愣愣地胶着在一起，分不开也合不拢。

体育精神

巴西世界杯

2014 的夏天，因为足球，全世界都为充满桑巴热情的里约热内卢而狂欢，我也是。

这一届的世界杯，共 32 支球队参加，进行 64 场比赛最后决出冠军，而作为东道主的五星巴西队在半决赛中因内马尔和席尔瓦两大主将的缺阵，使得斯科拉里在比赛一开始就孤注一掷，没有人会想到巴西队会如此脆弱不堪，结果令人难以置信地以 7 比 1 不敌德国队，实力相当却意外被“屠杀”，留下了本国足球史上最大的耻辱。

但这一次，全场的巴西球迷却用坚持、泪水和掌声来安慰场上落寞的巴西球员们。

BBC 惊叹：德国在巴西人面前太放肆了！克洛泽打破罗纳尔多的世界杯进球纪录；托马斯 · 穆勒 12 场世界杯 10 球 5 助攻，又一个传奇走在路上；克罗斯轻轻松松地梅开二度，连赫迪拉也压在禁区内给巴西人伤口撒了一把盐。整个巴西都哭了，小球迷在哭泣，一旁的父母安慰孩子，自己也泣不成声。圣保罗球场俨然成为泪的海洋，德国人则在举国欢庆。

这场惨败，在巴西本国也产生了深远的影响。

很多专家都指出，巴西足球要想从这场比赛的阴影中彻底走出来，恐怕要花上一百年的时间。

这对于巴西的球迷无疑是一个巨大而又沉重的打击，罗纳尔多感慨，如果自己能够重披战袍在本土举行的世界杯上为国家队效力，那将是怎样的荣耀。

巴西有内马尔，阿根廷有梅西，葡萄牙有 C 罗，但是德国有一整支球队！这是媒体和球迷对德国战车的经典评价。德国人的技术比任何时候都好，天赋比任何时候都高，即便是 5 比 0、6 比 0、7 比 0 领先，还保持着激情和战斗力，托马斯 · 穆勒和路易斯争得面红耳赤，诺伊尔保持着高度警惕，德国人不会因为领先而放松对自己的要求。2002 年世界杯亚军，2006 年世界杯 4 强，2008 年、2012 年欧洲杯 4 强，2010 年世界杯 4 强，德国足球这些年

一直无缘冠军，2014 年，正是德国足球的突破之日。

巴西世界杯落下帷幕的那一天，我在朋友圈说了这样一句话：

“面对巴西队宿敌阿根廷，恭喜德意志战车。”

朋友回复我说：

“你对巴西是真爱啊！”

我说：

“yes.”

她说：

“嗯，连复仇都考虑到了！好阴险。”

体育精神

很多人不解
为何一个姑娘对体育比赛这么门儿清，
对世界杯如此狂热。
像冬奥会的所有项目我都感兴趣，
更偏爱花滑、短道速滑
这类的冰上运动。
其实，
我喜欢的是体育精神。

继续做梦，别醒来

有一天，
你可以选择把藏在心里的幻想拿出来，
当作笑话一样，
讲给全世界听。
我想象着自己，
踩着举世无双的白色冰刀，
在宽大而又泛着亮光的冰面之上，
伴着查尔达什舞曲自由欢快地跳跃、旋转。
不害怕摔倒，
因为我有一对翅膀，
她可以在濒临坠落的一刹那让我飞翔。

Durian

第四章

倔强榴莲

洗脑子

深呼吸，清醒一下头脑

你出生时是盲目的吗？

当你独自行走时你很自信自傲吗？

当你感到风暴来临时，你会很紧张吗？

当你迷路时，你能本能地找到正确的方向吗？

你能骑着扫把去很远的地方吗？

你喜爱收藏蜡烛、书籍或是铃铛吗？

保持敏锐，保持清醒，去做你认为伟大的工作，

总之要前行，离开现在停留的地方。

EDELWEISSPITZE
PARKPLATZ
2571 m ü

洗脑子

脑子忽然好混沌，
难以思考。
取出来看看“混沌”，
然后洗洗。
放回去，
但水没干，
就进水了。
然后大脑故障，
开始发烧，
最后水开了。
捂住出气孔，
什么也不听，
倒出来泡茶。

我讲，你听

寡妇

60 年代的老楼里，住着这样一个女人。

倾国倾城的容貌，

态生两靥之愁，娇袭一身之病。

她不是林黛玉，却常因忧伤而风情万种。

她没有丈夫，他们孩子出生的那一天，男人因工地意外事故死掉了。

她每天愣着那双哭得通红像核桃似的眼睛，呆坐在床边，怀里的男婴用力地撕咬吸吮着她的奶水，夹杂着她血泪的腥与咸，她忍受着疼。

这孩子是她唯一的亲人了，她心想，无论多艰难，也要把他抚养成人，要把这香火续下去。

这之前她与邻里相处和睦，

丈夫的后事都是邻居们帮忙料理的，

却也因此沾上了不少麻烦。

都说红颜是非多，

邻居中的男人们开始对她趋之若鹜，

为了生存,她不得不硬着头皮去迎合这样的纠缠。

有人贪图她的美艳，有人试图索取回报，

有人要她肉偿丈夫生前欠下的债，

她无数次义无反顾地为了丈夫守身如玉，却遭来恶棍们的拳脚相加。

精神与肉体百般受虐，

使她更加思念自己逝去的丈夫。

一天夜里，

婴儿在她坦胸露乳的怀里吃奶后酣睡，

睡得很香甜，他已经很久没有睡得如此香甜了。

就在这全世界都安静的时刻，

门被打开了，

她裸露的上半身一览无余地呈现在一个蓬头垢面的地头蛇面前，

追求她许久的邻居，摇晃着身体，喝得酩酊大醉。

男人故作镇定地说：“你，钥匙没拔。”

一步，一步，向她逼近，

女人只请求他不要吵醒沉睡的孩子，

她不敢发出半点声音，泪如大雨倾泻而下，

她心疼自己的丈夫，撕心裂肺地疼。

她命令他，转告其他的男人，

从今往后，不要再骚扰她，她想过安静的生活。

男人瞬间变得暴跳如雷破口大骂："你以为你这就满足我了吗，这孽种在一天，你就别想消停一天，妈的又不是我的种，什么时候等我种上了，再张嘴来跟我提要求。"说完便开始疯狂地砸东西，连她丈夫的遗像都被摔得支离破碎。突然，他把视线转移到哇哇大哭的孩子身上，大步朝孩子走去，气急败坏地喊到："别让这畜生碍我的眼了，忘了那个死男人吧。"这时女人从灶台的方向冲了过来，奋力挡在他和孩子中间，抡起一把菜刀，朝男人的头上砍去，没有丝毫迟疑，连续砍了 36 刀。

男人倒在地上，躺在血泊中。

女人将菜刀扔在他的尸体上，吓得全身发抖。她战战兢兢地抱起孩子，看见他毫发未损安然无事的样子，便对着他笑了。她用颤抖的手拾起地上破碎镜框里丈夫的相片，再一次痛哭起来。

第二天早上，

女人沉浸在孩子得救的喜悦同时又陷入面对尸体不知所措的神经恍惚之中。

忽然，

她被两只突然撞在一起的鸡惊动，

院子里的驴打起了群架，将它们的食物全部踢翻。

隔壁家的老黑狂吠不休，

顷刻间桌案摇摆，锅碗倒翻，屋顶木柱发出折断的声音。

只见对面楼房倾斜后又立起，墙皮脱落房屋散架声以及人们的嚎叫声混淆在一起，那喧嚣沸腾好似开了的锅。

女人左手抱着沉甸甸的包袱，右手抱着她的亲生骨肉，发疯似地往旋转的露天楼梯下奔逃，气喘吁吁，她跑不动了，心想丢掉手里的包袱，顺手将包袱用力地往楼下扔去，当她拼尽全力跑到楼下的时候，她发现，手里的孩子不见了。

而那包袱，依然被她紧紧地抱着。

刹那间万念俱灰，

慌乱中逃命的人群将她冲撞倒地，

歇斯底里的呼救声在她耳边沸天震地地萦绕，

她静静的瘫坐在遍地瓦砾上，

什么都没有了，

她心里最后一道坚强的防线被她亲手摧毁，

灵魂掉落万丈深渊，

在最终的瞬间灰飞烟灭，

她哭瞎了曾经清澈明亮的双眼，

回不来的是血脉相承的骨肉相连。

女人轻轻地打开包袱，摸出丈夫的相片，

紧紧，紧紧搂在怀里。

轰然一声巨响，

房屋倒塌，天地崩裂。

患者的血腥臆想

冰冷的，空旷的水泥色房间，
从它的窗外照进来一道违和刺眼的阳光，
透过漫反射
能够看见雾蒙蒙的空气中漂浮着的灰尘。
角落里，
蹲着一个全身穿着灰色衣服的人，
深埋着他的头快到地面，
他特别迅速特别用力地在反复搓洗着一块手帕，
那手帕快被他搓漏了，
他始终认为污垢还在。
他停下，
俩眼直勾勾地盯着手帕有一会儿，
突然他快速起身，将手帕丢到垃圾桶里。
然后，开始不断地清洗自己的双手，
觉得怎样都洗不干净，

他感觉周围的一切都是脏兮兮的。

而房间的另外一角，

是摆放着的高高的玻璃镜台，

台面的四角与边缘是未经打磨过的尖锐。

阳光照不到它，

却依然将那灰容土貌看得清楚。

那人试图用手去将它厚厚的尘埃擦掉，

指甲不时划在玻璃上发出刺耳的声音，

爆腾的灰尘弥漫他的双眼，

突然，

一个不小心，

他戳中了一角锋利的刃口，

那玻璃的锐利将他刺伤，

血流不止，

一滴，一滴，

坠落在水泥地上，

那血淋淋的右手将现实毁灭，
留给他的，
是粘着灰尘与细菌的模糊血肉。
他无法直视这对他来说的肮脏，
带着钻心的疼痛，
凭借平安无事的左手，
掏出随身携带的剪刀，
紧闭着双眼，
在黑色的世界，
剪掉了即将与手指头剥离的血肉，
那巨痛好似在心脏上插了一把尖刀，
鲜血迸溅到他的脸上，
他的精神临近崩溃的边缘，
这剪刀本应是他的防身之物，
如今沾满自己的斑斑血迹。
故事并没有结束，

他拼尽最后所剩不多的力气，

拿出身上最后的防备，

对准自己的头部，

一声枪响，

再也不见，

这世界。

梦幻三则

（一）

女孩儿养了一只花色小老虎，
每天给它喂点儿棉花糖，
日子一天一天过去，
小老虎长大了，
它带着女孩儿，
去往沙漠找寻她的王子。
看哪，
那沙漠变成了绿洲。

（二）

电视柜里，倒放着很多旧唱片和DVD，

电视两侧，是站成各种姿势的变形金刚。

屏幕散发着蓝光，

将黑暗的小屋整个点亮，

今天的暖气烧得很好，

男孩儿坐在家里的地板上，

握着手柄，

打他的小霸王游戏机，

电视里放映着超级玛丽。

（三）

紫色星空下，
俊俏的美男子，
独自点上一支烟，
身后是他的摩托车，
和集结的哈雷车队，
紫色房子的落地窗里，
站着她的女孩儿，
和哈士奇。

我和我的世界

1. 我的世界没有应该干什么，
   不应该干什么，
   我觉得一切都取决于，
   我想干什么，
   一切违背意愿的，
   我都称它为，
   不应该。

2. 外人如何看待我，
   评价我，
   是一件太不重要的事儿，
   因为他们对我不重要。

3. 我拒绝循规蹈矩，
   按部就班地生活，
   我做的每件事情最强烈的意愿就是使
   自己从中收获成长，
   并执着地相信着自我价值，
   而不是因为别人的喜欢或厌恶，
   仅仅是因为我需要成长。

4. 我与一些“圈子”格格不入，
写字能使我和我巨大的平静待在一起。
文字是我的铠甲，
是盛给友人的鸡汤，
是伸向敌人的刺刀。

5. 在我对自己的演技认可之前，
我不会称自己为“演员”，
演员本是神圣的，
真正能称之为好演员的，
并不多。

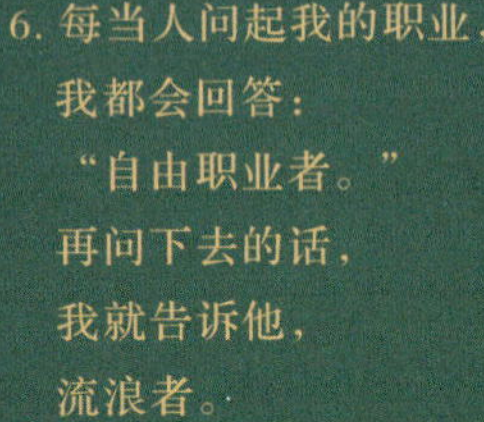

6. 每当人问起我的职业，
我都会回答：
“自由职业者。”
再问下去的话，
我就告诉他，
流浪者。

7. 比起淑女，
我更愿意做一个君子。
因为，
君子之交淡如水。

8. 我讨厌插队，
任何形式的插队都不允许，
我不会与之争吵，
我会用眼神杀死他。

9. 如果你和我说了一句话，
我听见了，
当你再说同一遍的时候，
这对我来说就是噪音了。

10. 必要的时候，
我的人可以抛头露面，
但我的心不能。

11. 我活着从不是为了取悦谁，
亦不想做到让每个人都满意。

12. 我给自己犯错误的机会，
    但同样的错误我不会允许自己犯第二次。

13. 我不会把自己的耐心耗费在不靠谱的人和事上，
    如同我不会把精力放在我厌恶的人身上。

14. 我需要足够的精神食粮，
    所以大部分时间都是自给自足。

15. 对我稍加了解的人，
    不会和我说太多“为你好”之类的话，
    因为他们知道，
    说了也没用。

16. 我可以包容，
    但决不能容忍，
    这两个词差着意思呢。

Love

17.

在吃这件事情上，
我是毫不吝惜金钱的，
但浪费不行。
如果我请客吃饭，
我希望不要浪费，
这是尊重我的最好方式。

18. 我觉得人一定要坚守自己的风格，
最好是有属于自己的符号，
譬如说，
我对省略号就情有独钟……

19. 文字是我的精神堡垒，
由我亲手建筑。

20. 好音乐如美酒，
沁人心脾。
在音乐里，
我能够突破对自己的禁锢。

21.

我杀价的时候从不给对方留余地，
最后他们都将商品欢喜地卖给我。

22.

既成事实的东西，
从不需要去强调它，
事实会自己说话。
正如张磊夺冠，
他不求冠军，
正如我，
从不说自己是美女。

23.

我童年的大部分记忆
被我的童年给毁了。

24.

我所有的努力都是为了
不令自己陷入被动，
为了让自己拥有选择权。

25.
文如吾人，
冰火两重天，
极温顺，
极叛逆。

26.
在公共场所，
如果我忘记带耳机，
恐怕会很难过活。

27. 我有社交恐惧，
想在家里画一个地球。

28. 我给自己画了个圈，
外面的人不能够进来，
这个圈子也不需要敞开大门，
因为我可以随时出去。

29. 年轻时不折腾，
以后给孩子讲什么。

30. 大家都追捧的事情，
我不喜欢。
正如众人扎堆的地方，
我不去。

31.

我不在乎
别人喜欢
或不喜欢我，
我只在乎
我喜欢谁。

32. 或许，
    我的人看上去挺弱小的，
    那是因为，
    我把全部的力量都用到了文字里。

33. 水深，
    莫网谈，
    过好自己的日子。

34. 我大部分时间都用来思考人生了。

35. 都说女人是水做的，
    我觉得自己更像是钢筋混凝土。

36. 我希望把歌唱好，
把字写好。
我很贪婪，
什么都想要，
可我只向自己索取。

37. 但凡出门，
总是习惯性地把自己武装得像个杀手，
带着一张轻蔑的脸，
偶尔丢下一个鄙视的眼神，
绝不多说一句话。

38. 我的时间就是我的金钱，
我为什么要让自己成为
与回报不成正比的廉价劳动力呢？

39. 我是一个纯粹主义，
在我看来纯粹以外的，
大多都是复杂与肮脏。

40. 我的爱，
很纯粹。
我的恨，
很决绝。

41. 我喜欢小孩子，
只因他们心中的那份童真，
和不带世俗的纯净。
而童真是永恒的，
它能超越时空。

42. 我欣赏两种人，
一种人敢做自己，
一种人敢说真话。

43. 通情达理，
不等于逆来顺受。

STRAAT
22

榴
蓮
簿

1. 无视，
是表示轻蔑的最完美方式。

2. 真正的疏远，
绝不是距离上的，
而是心理上的。

3. 人都是各走一精，
你要找到
那个你愿意为之付出的热爱，
并持久坚持下去。

4. 如果对任何事情
都抱着侥幸心理去做，
你就离死不远了。

5.

这个世界上，

不存在“不可能”，

只有你想不想让它成为可能。

6.

努力达到你心里的标准，

而不是他人眼中期待的，

把你自己还给自己。

7. 定期洗牌，
适当地清理自己的“朋友圈”，
也是必要的。

8. 卸掉你身上所有的标签，
摘掉光环，
你还剩下什么？
那是真正属于你的，
是你最真实的自己。

9. 愿坚持为最好的品质，
总有一天，
你会感谢当初的毅然决然。

10. 你可以不争，
不抢。
但一定要开发，
占领，
并维护这世上属于你自己的一席之地。

11\. 意念，是无所不能的。

12\. 坚强，是你一生的必修课。

13. 不要向任何人去证明你自己，
做你自己就是最好的证明。

14. 不要拒绝孤独，
它可以洗涤你的人生。

15. 很多人都想站在巨人肩膀上，
却从未想过让自己成为巨人。

16. 成功，
是达到你心中的完美。

17. 有累积，
才会有爆发。

18. 最好的关系是，
你们彼此需要，
却不相互依赖。

19. 你可以不喜欢这世界，
    但不可辜负自己，
    辜负爱。

20. 你不能毁灭本不属于你的东西。

21. 促使你成功的，
    可能只是一身孤胆。

22. 爱就好好爱，
整个人都给人家了，
还假惺惺地要什么面子。

23. 想要一览无余，
你必须纵观全局。

24. 人生得漂亮，
不如活得漂亮。

25. 要 180 度的相对，
不要 360 度的相拥。

26. 不要轻易被别人的一句话激怒，
这样你只是把自己推到了一个弱者的位置上，
对方还把你当成笑话看。

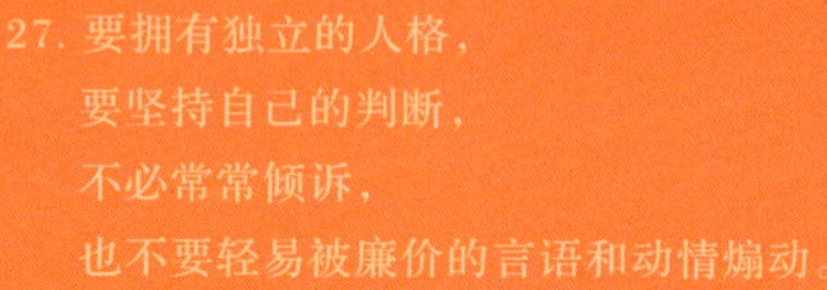

27. 要拥有独立的人格，
要坚持自己的判断，
不必常常倾诉，
也不要轻易被廉价的言语和动情煽动。

28. 害怕失去，
这想法是极可怕的，
你会因此失去更多，
最后得到一场空欢喜。

29. 梦是心灵的思想，
你的梦可以天花乱坠，
但生活还是脚踏实地一点比较好。

30. 语言是最无力的表达，
有的时候，
选择沉默，
反而会更有力量。

31. 当一件事情使你难过，
无法自拔，
你需要做的是转移注意力，
让一个新的事物进来。

32. 一个对自己没有要求的人，
是不能够要求他人的。

33. 做人千万别做到卫生纸那份儿上，
让人擦完了屁股就想马上扔掉。

34. 人固然不能把自己放得太高，
但是也不能低到尘埃里。

35. 有的时候，
没有结果，
就是最好的结果。

36. 危险的情况下，
尽你所能保护你的生命吧，
除了生命，
什么都可以重建。

37. 要给自己犯错误的机会，
这样你才会从中收获成长。

38. 结果是留给外人的，
过程是留给自己的。

39. 人一吃饱了就是有底气，
连说话的态度都变得铿锵有力。

40. 可怕的不是时间，
而是仿佛你的 18 岁就在昨天。

41. 你遇到厌恶的人，
只要选择与其切断联系不再有交集就好了，
无需多言。

42. 所有的危险信号，
都可能埋藏在一个个细枝末节当中，
只要蝴蝶微微扇动下翅膀，
迎来的可能就是一场风暴。

43. 总会有一些人，
在你的生命里，
淡入，
又淡出。

44. 当你已经到达一定高度的时候，
就不要担心落地感，
那叫接地气。

45.
贵族就是贵族，
土豪们永远无法企及。

46.
其实，
喜爱与厌恶，
是一瞬间的事儿。

47. 人与人之间，
头脑用得太多，
感情自然就用得少了。

48. 标签都是外界贴给你的，
只有你自己知道自己是什么。

49. 人生最应该珍惜的事情，
是爱你的人和你爱的人，
都健康地在这世界上活着。

50. 自由，
就是打破常规。
天马行空，
也是另一种脚踏实地。

51. 用你的才华与能力，
让一些人闭嘴，退后。
而不是通过美色招来一群垂涎三尺的癞蛤蟆。

52. 如果想宣传一件事情，
与其让一百个人一扫而过，
不如让十个人真正看到。

53. 有人的地方，
就离不开知识和文化。

54. 一个人的名字，
它只是一个符号，
重要的是符号下的灵魂。

55. 在这个物欲纵横的时代里
自我膨胀得太快，
很容易窒息而死。

56. 要有所进入，
才有所输出。

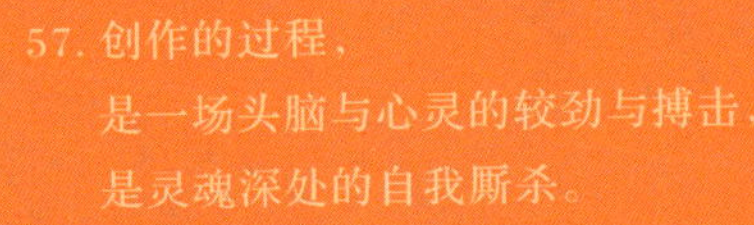

57. 创作的过程，
是一场头脑与心灵的较劲与搏击，
是灵魂深处的自我厮杀。

58. 若遇到中意的人，
一种叫邂逅，
另一种叫桃花劫。

59. 现代人都得了一种病，
不想睡的病。

60. 这个世界上，
有人花时间浪费吐沫，
有人用时间赚钱。
显然，
时间是不眷顾前者的。

61. 有一种关系叫，
相互关注。
还有一种关系叫，
悄悄关注。

62. 一个人的思想意识，
决定了他能过上什么样的生活。

63. 简约就是，
没有多余。

64. 服用良药最有效的方式是配合自我救赎，
主观意识上的自我救赎。
而良药就是所谓的道理。

65. 人总是欺负比自己软弱的人，
奉承比自己高贵的人。

66. 人类有了知识，
反而看破一切。
然而，
这不是我们学习的最初目的。

67. 对待一个人，
你如果太热情似火，
就物极必反了，
也许你只是想带给他温暖，
对方却认为你是要烧死他。

68. 最好的东西，
都要经过时间的打磨。

69. 用语言表达出来的情感，
多多少少会失掉些温度。

70. 人们应该用一生来学习如何闭嘴。

71. 很多时候，
人们误把习惯当成了爱。

72. 做一个有独立人格的人，
经济与思想的双重独立。
经济独立，
思想才能独立，
思想独立，
你才能做最好的自己。

73.
家与外面的世界，
其实，
就是一道门之隔。

74.
支撑你更好地活在这世上
的东西有很多，
梦想，希望，信念，
音乐，书籍，爱。
它最好不是一个人。

75. 关于生死，
越浓烈越浮夸，
真正透彻的痛是叫不出声的。

76. 在温暖与爱的笼罩下，
刚强也会化为柔弱。
若人人都真把女汉子当条汉子对待，
这世界还需要男人做什么。

77. 在外面，
无论吃大排档还是面对世界名厨，
都要不卑不亢，
淡定从容。

78. 对于长大这件事儿，
每个人都有属于自己的期限。
可能三年，五年，
可能十年，二十年。
可能是一生，
也可能，是一瞬间。

79. 青春是未经搏杀的浪漫天真，
这里没有尘埃落定，
这里不需要云淡风轻。

尾声

我的自由很笨拙，
常常徒手去挖坑埋葬自己，
我用干净的土。
我不想被这个世界沾染，
去活，
无关金钱、权力、财富的去活。
我不喜欢皇冠，
我只想做无冕之王。
我不掩饰，
甚至直白，
连默不作声也是直白。
我要看着世界褪去它的伪饰，
这是我对它无声的、无形的逼迫。
我骨子里滋长出的反抗，
我的每一句辩白，
每一次防卫，
每一次欲言又止的矜持，
都带着意味深长的笑。

特别鸣谢

感谢为这本书投入了支持和鼓励的所有人

感谢所有图片提供者

感谢那些给予我灵感的人和事

感谢我的编辑、设计师以及出版社的每一个人

感谢那些安静而属于我自己的黑夜

图书在版编目(CIP)数据

倔强榴莲 / 焉然@远方流浪记著. -- 北京 : 中国铁道出版社, 2016.8

ISBN 978-7-113-21555-2

Ⅰ. ①倔… Ⅱ. ①焉… Ⅲ. ①随笔－作品集－中国－当代 Ⅳ. ①I267.1

中国版本图书馆CIP数据核字(2016)第040486号

书　　名: 倔强榴莲
作　　者: 焉然@远方流浪记　著

策划编辑: 田　军
责任编辑: 徐丽娜　　电话: 010-51873038
装帧设计: 成晟视觉
责任校对: 王　杰
责任印制: 赵星辰

出版发行: 中国铁道出版社(100054, 北京市西城区右安门西街8号)
网　　址: http://www.tdpress.com
印　　刷: 中煤(北京)印务有限公司北京
版　　次: 2016年8月第1版　2016年8月第1次印刷
开　　本: 787 mm×1092 mm　1/32　印张: 9　字数: 100 千
书　　号: ISBN 978-7-113-21555-2
定　　价: 48.00元